俺は空に向かって
拳を突き上げる。
根幹（かみさま）たる力に意思を届け、
どんな願いも叶える
そのスキルの名は——
「全部持ってけ！
〈たった
求権〉！」
追放されるたびにスキルを手に入れた俺が、
100の異世界で
2周目無双

ルナリーティア
（ティア）
エドの初めての仲間で、優秀な魔法師のエルフ。
1周目の世界でエドがパーティを追放される原因となるがその真意は――。
エド
100の異世界で100の勇者パーティに追放されないと
元の世界に戻れないという宿命を負った青年。宿命を果たすも、ティアたちを救うために
「追放スキル」を用いて100の異世界をやり直すことを決意する。

ゴンゾ
豪快な性格の武僧。
パーティのムードメーカーかつ大黒柱的存在。
アレクシス
パーティのリーダーにして勇者。
自信家で冷徹な面もあるが、実力は確か。

「顕現せよ、『ストームブリンガー』！
宿せ、銀霊の剣！」
魔法を切り裂いた剣の刀身に竜巻が宿る。
それを横薙ぎすれば、横向きになった竜巻が
周囲の軍勢の悉くを薙ぎ払った。

追放されるたびに
スキルを手に入れた俺が、
100の異世界で2周目無双 1

日之浦 拓

HJ文庫
983

口絵・本文イラスト　GreeN

CONTENTS

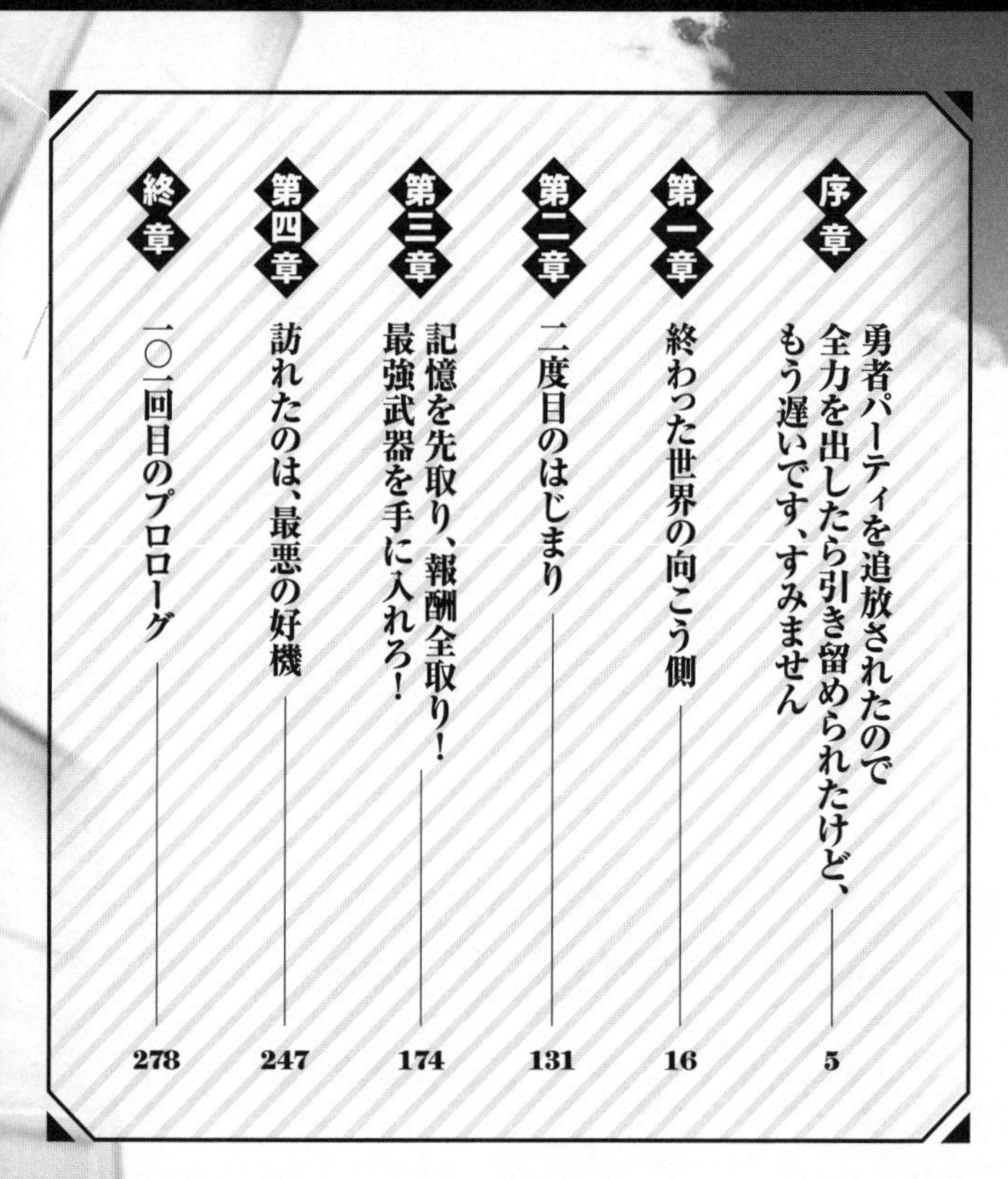

Tuihou sarerutabini

skill wo teniireta orega,

100 no isekai de 2syume musou

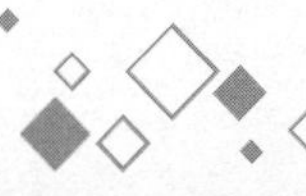

勇者パーティを追放されたので全力を出したら引き留められたけど、もう遅いです、すみません

「なあ、エド。お前明日から来なくっていいぜ」

「へ？」

勇者パーティの一員として魔王討伐の旅に出てから、おおよそ一年。新たな拠点と定めた宿場町の酒場にて、俺は突然仲間の一人である斥候役のオッサンからそんな言葉を投げかけられた。酒好きな人だけに今日もまた鼻の頭を赤くしているが、その酔い方がいつもと違ってどうにも楽しそうじゃない。

「どうしたんですか突然？　あー、来なくていいって、明日は休みってことですかね？」

「馬鹿、ちげーよ。明日じゃなくて明日からだ。お前はもういらねぇって言ってんだよ」

「いやいや、それは流石に酔っ払いすぎじゃ？　突然そんなこと言われても……」

「突然じゃねぇ。お前がいないところでもう何回も話し合った。つまりこれは俺達の総意ってことだ」

「総意って、またまたそんな……あれ？」

「…………………」

「………ハァ」

渋い顔のまま酒の入ったジョッキを傾けるオッサンから顔をそらし、俺は他の仲間の顔を見回す。だが清廉な神官服に身を包む年下の少女は悲しげな表情でうつむいており、とんがり帽子を頭に載せた魔法師の女はつまらなそうな顔をしながらため息をつく。

「おぉう、こいつはまた……ゆ、勇者様？　冗談ですよね？」

「……いや、本気だ」

最後の望みを繋ぐように、俺は立派な金属鎧に身を包んだ勇者様に声をかける。だがそんな勇者様の答えもどうやら同じらしい。

「なあ、エド。君は間違いなく優秀な人材だった。だから俺は君をパーティに誘ったし、みんなも喜んで君を歓迎した。

そして加入してしばらくの間の君の働きもまた、本当に素晴らしいものだった。君に助けられたこと、教えられたこと。今思い返しても沢山ある」

「なら――」

「だが！」

すがるような俺の言葉を遮るように、勇者様が強い口調で言う。

「最近の君はどうだ？　任された仕事に手を抜くようになり、かつては自主訓練をしていた時間も遊びほうけている。これから先の厳しい戦いに向けて皆が実力を高めているというのに、君は……君だけは加入した当時のままだ。

　それでも俺達は、君のことを見守っていた。いつかまたやる気を出して昔のように活躍してくれるだろうと。でもその我慢も……もう限界なんだ」

　苦しげに言う勇者様の言葉に、俺はキョロキョロと周囲を見回してしまう。だがそんな俺の視線に誰も助けの言葉を口にしたりはせず、ただ一様に全員が押し黙っている。

　まあ、それも当然だろう。最近の俺の態度は勇者様に指摘された通りのものだったし、何よりこの結論は、オッサンの言葉通りもう何度も話し合われた末のものなのだろうから。

「そう、ですか。じゃ、俺は……」

「ああ、そうだ。エド……君を俺達勇者パーティから追放する」

　まるで自分に言い聞かせるような、突き放した……それでいて冷静な声。それを聞いた俺は思わずうつむき……満面の笑みを浮かべて叫ぶ。

「よっしゃぁぁぁぁぁぁ！！」

　ピコンッ！

『条件達成を確認。帰還まで残り一〇分です』

「エ、エド⁉　どうしたんだ一体⁉」

「何で喜んでるのよ⁉　ひょっとして追放されたショックで頭がおかしくなったの？」

　席を立ち渾身のガッツポーズを決める俺に、勇者様と魔法師の女が声をかけてくる。二人とも訳が分からないという顔をしていたが、俺はそれを一切気にせずバシバシと背中を叩きながら、ご機嫌な声で答える。

「いやいや、俺はまともだぜ？　ただようやく念願が叶ったってだけさ。あ、そうだ。立ち去る前にこれ受け取ってもらえます？」

　そう言って、俺は何もない空間に手を伸ばした。するとその先に黒い穴が空き、そこに手を突っ込んだ俺は中から大量の紙の束をテーブルの上に取りだしていった。

「は⁉　おいエド、何だそりゃ⁉」

「ちょっとアンタ、それひょっとして次元収納⁉　アンタそんなスキルを持ってたの⁉」

「ちょっと違いますけど、まあ似たようなもんですかね」

　驚く斥候のオッサンと魔法師の女に、俺はニコニコと笑みを湛えながらそう答える。ちなみに次元収納というのはその名の通り別の空間に大量に物資を保管できるというトンデモ便利なスキルで、その持ち主は俺の知る限り世界に三人しかおらず、残念ながら勇者パーティにも一人もいないという超希少スキルだ。

もっとも、自分で言った通りこれは次元収納なんてスキルじゃない。世界で唯一俺だけが持つ追放スキル。そのなかでも〈彷徨い人の宝物庫〉と名付けたやつで、その効果は世界を超えても内容物を保持できるという優れものだ……まあそれは今はいいとして。

「何で言わないのよ⁉　そんなスキルがあるなら、幾らでも活用法が――」

「まあまあ。それよりほら、これ読んでみてください」

「これは……指南書、か？」

俺が出した紙の束に目を落とし、勇者様がそう呟く。

「そうです。今までの戦闘なんかで集めた皆さんの情報から、効率的な訓練方法とか新たな技能の習得法とか、そういう感じのを纏めてみました。なので今後どのような成長を求めるにしても、一つの参考にしてもらえればと」

「……あの、これ私が習得できるとされている魔法に、私の知らない名前があるのですけど」

訝しげな顔で俺の指南書を斜め読みする魔法師の女とは対照的に、真剣な表情で手書きの指南書を読んでくれた神官の少女が小さく手を上げ問い掛けてくる。

「ああ、その辺は今後の成長とか、あと世界各地に隠されてたり封印されてたりするやつをなんやかんやすると習得できるってやつかな？　詳しいことは別紙に纏めておいたから、

あとで読んどいて」

追放スキル〈七光りの眼鏡〉を使うと、その人間に眠る才能が見える。そこに他の追放スキルを組み合わせて情報を集めると、こういう感じの情報を集めることができるのだ。

まああくまで才能なので、実際に身につけるには本人の努力が必須になるわけだが……この子は真面目なお嬢さんなので、きっと望む未来に辿り着けることだろう。

「わかりました。ありがとうございますエドさん」

「おい、エド。こりゃどういうことだ？」

素直にお礼を言ってくれた神官の少女とは対照的に、今度は斥候のオッサンがドスのきいた低い声で俺の名を呼んでくる。そっちに顔を向けてみれば、オッサンは手にした紙をバシバシと手で叩きながら思いっきり俺を睨み付けてきた。

「何だこの馬鹿みたいに精巧な地図は？　しかも俺の気づかなかった隠し通路や罠の配置まで完全に描かれてるだと？」

「いやほら、地図ってあると便利じゃないですか。なんでまあ、それも餞別ってことで。行ったことのある場所の分しかないんで、あんまり役に立たないかも知れないですけど」

「何言ってやがる、行ったことのねぇ場所の地図なんて描けるわけねぇだろうが！　それよりこれはどうやって——」

「落ち着いてくださいよ。そういう細かい手の内は秘密ってことで。ほら、もう俺は勇者パーティじゃないわけですし」

「っ……まあ、そうだな」

　俺の指摘に、斥候のオッサンがこれ以上ないほど渋い顔で押し黙る。この手の技術は秘匿されて然るべきもので、無理に知ろうとすれば普通に殺し合いになるようなものだ。当然それをわきまえているオッサンが黙るのは当然だろう。

　もっとも、この地図もまた俺の便利な追放スキルで作ったもので、実際には技術云々というものではない。俺が行った場所を自動で記録したうえで俺にしか見えない地図にして表示してくれる追放スキル〈旅の足跡〉の結果を、自分が見たものを見た目だけそっくりに複製する〈半人前の贋作師〉で形にしたものだ。

　いやー、これ最初に習得した時は「見た目だけ同じって、そんなのどうするんだよ？」と思ったけど、改めて考えると見た目が同じなら普通に使えるものって割と沢山あるよな。うん、スゲー便利。

「…………すまない」

「うえっ!?　な、何ですか勇者様!?」

　と、そこで唐突に、正面に座っていた勇者様がテーブルに額を打ち付けるくらいの勢い

で頭を下げてきた。

「まさか君が、俺の知らないところでこれだけの仕事をしていたなんて……俺の不見識をどうか許してくれ」

「ごめんなさいエドさん。努力とは人知れず、己の内に積み重ねるもの。そんな当たり前のことに気づかず、エドさんを追い出そうとするなんて……」

「チッ、俺も焼きが回ったぜ。俺の半分しか生きてねぇようなガキに俺よりずっと凄い仕事をさせといて、何も知らずに説教垂れるとはな。すまん！　この通りだ！」

「いやいやいやいや！　そんな、頭をあげてくださいよ！　俺は別に、そんなつもりでこれを出したわけじゃないですから！　ただ皆さん俺に良くしてくれましたから、俺がいなくなった後に少しでも役に立てばと……」

　かつての仲間に矢継ぎ早に謝罪されて、俺は焦ってそう声をかける。だがそんな俺を見て、魔法師の女が呆れたように息を漏らす。

「ハァ。馬鹿ね、そんなの撤回するに決まってるじゃない。アタシも含めたお間抜けさん達に、異論のある人はいるかしら？」

　何処か自虐的な笑みを浮かべた魔法師の女に、他のみんなも苦笑を浮かべる。

「そんなものあるはずがない。なあエド、恥を忍んでもう一度頼む。俺達と――」

「あー、それはもう無理なんで。すみません」

「…………そう、か。そうだな。一度追放しておいて、今更戻れなんて、都合が良すぎるよな」

「そういうのとは違うんですけど、俺にも事情ってのがありまして……って、うぉっ⁉　時間が……じゃ、じゃあそういうことで！　皆さんが魔王を倒すのを期待してますね！　それじゃ、頑張ってください！」

　項垂れる勇者様をそのままにするのは若干良心が痛むが、今はそれどころじゃない。挨拶もそこそこに俺は慌てて酒場を飛び出すと、人通りのない裏手の方へと一目散に走って行く。もしここで誰かが引き留めに追ってきたりしたら事だったが、幸か不幸か何とか誰もいない場所へと辿り着くことができた。

「……ふぅ。よし、この辺でいいか」

　二度と戻らない世界とはいえ、騒ぎを起こすのは本意じゃない。息を整え頭に浮かぶ数字に意識を向けると、残り時間はもう一分を切っていた。

　うっわ、危なっ⁉　まあ間に合ったからいいか。忘れ物もねーし……まああっても取りには戻れねーわけだが……と、そろそろか。

『三……二……一……世界転移を実行します』

俺にしか聞こえない声がそう告げ、その瞬間(しゅんかん)、俺はようやくにしてこの世界から脱出(だっしゅつ)することに成功した。

第一章　終わった世界の向こう側

『世界転送、完了』

「……っと。あー、ここも久しぶりだな」

長いお役目を終え、無事にこの「白い世界」に帰ってきた俺は、とりあえずすぐ側にあるテーブルに歩み寄っていく。真っ白な世界にある真っ白な椅子とテーブルは一見すると何処にあるのかわからなくなりそうだが、どうやら光源が上にあるらしく影がしっかりつくため、見失うことはない。

「今回は一年か。割とかかったな……」

安い木の椅子ではあり得ない、ふかっとしたクッションの感触を尻で楽しみながら、俺は改めて周囲を見回す。

俺の眼前には高さ二メートルほどの壁が何の支えもなく直立しており、その壁には大量の扉が取り付けられている。最初は短かったこの壁も、今では大きく首を左右に回して見渡すほどだ。

「我ながら頑張ったもんだよなぁ。なあ、そう思わねーか？」

並んだ扉は全部で一〇〇個。つまりこれは俺が一〇〇の世界で一〇〇回勇者パーティから「追放」されたことを示している。まともな人間なら汚点にしか数えられないような数字ではあるが……それは同時に俺が自分の世界に帰るために必要だった数字でもある。

「……あんた言ったよな。俺が元の世界に帰るためにには、異なる一〇〇の世界で一〇〇の勇者パーティに加入し、一〇〇回追放されればいいって。

今改めて考えても意味がわからん。世界を救えとか勇者を手助けしろって言うならまだしも、何で追放なんだよ？　まあ、聞いても答えてくれないんだろうけどさ」

神は何も語らない。というか、この後に及んでなんだが、俺だって神の声なんて聞いたことがない。平穏で平凡な雑傭兵暮らしを送っていた俺が突然この場所に召喚された時、目の前にあったのは一冊の白い本だけだ。

ああ、勿論表紙が白かっただけで、中身が真っ白だったわけじゃない。そこには俺が為すべきこと……つまりはさっきの条件がもっと詳しく書かれており、目の前にある壁はまだ小さく、扉も一つしかなかった。

その扉をくぐれば、俺は異世界に飛ばされる。そして勇者パーティを追放される……正確には「パーティの一員として半年以上行動を共にするか、一定以上の信頼を得ることで

パーティの一員として認められる状態になった後に追放される」という条件を達成することでこの場所に戻され、一度開いた扉は二度と開けられなくなり、代わりにその隣に扉が増えるのだ。

「でも、そのわけのわかんねー条件を、俺は確かにやり遂げた。多分一〇〇年くらいかかったけど、やり遂げたんだぜ？　ならもうちょっとお祝いムードっていうか、そういうのを醸し出してくれてもいいんじゃないですかね？」

皮肉っぽい笑みを浮かべながら天に向かって話してみても、大方の予想通り何の反応もない。思わずため息をつきながらテーブル横にある姿見の方に視線を向けると、そこには身長一七〇センチちょい、黒い短髪、中肉中背のごく平凡な好青年の姿が映っている。それは俺がこの「白い世界」に初めて連れてこられた時の姿そのままだ。

「これもなぁ……まあ助かったって言えば助かったんだけどさぁ」

異世界で過ごす時、俺は普通に成長する。鍛えれば体に筋肉もつくし、体重だって変わる。背が伸びる……かはわかんねーけど、とりあえず髪の毛は普通に伸びた。

が、そういう全ての変化は俺がこの「白い世界」に戻ってきた段階でリセットされ、最初にここに来た瞬間の体に巻き戻る。そのうえで新たな世界に旅立つわけで……要は俺は常に二〇ちょいくらいの年齢のままで一〇〇の異世界を渡り歩き、一〇〇年の冒険を乗り

越えてきたわけだ。

　そうすると不思議なもので、普通ならとっくにヨボヨボの爺さんになって色々と達観しているはずの俺の精神は、見た目と同じ状態から大した成長をしていない。

　体に心が引っ張られているというか、そもそも周囲からの扱いもずっと二〇歳のガキのままなので、成長の余地がなかったとも言えるが……とにかく俺は長生きしている割には心は若者のままってことだ。

　なので、こういうところで悟ったような台詞を言ったりはしない。おかげで心身共に成長できましたとか、そんな殊勝な思いなどこれっぽっちも浮かばない。人を拉致って意味不明な強制労働を一〇〇年もやらせる神のご機嫌取りなど御免被る。

「…………まあいいや。とにかくアンタの指示は守ったんだ。なら今度はそっちが約束を果たしてくれよ。俺を……家に帰してくれ」

　元の世界に戻る。ただそれだけを夢見て、俺は必死に頑張ってきた。一〇〇年の時を経ても色あせることのない故郷の景色が、俺の脳裏にありありと浮かんでくる。

　ああ、もうすぐだ。家に帰ったら何をしよう？　とりあえず母さんの作るシチューとか食いてーな。マザコン？　知るか。こっちは一〇〇年ぶりだぞボケ。後はバカ共の顔を見て、まだ悪さしてるようなら尻を蹴っ飛ばしてやるのもいい。それに……ん？

故郷に思いを馳せる俺の視界に、不意にテーブルの中央に置かれた水晶玉が輝くのが見えた。それは異世界から見事追放される度に報酬として俺に力を……俺が勝手に「追放スキル」と呼んでいる力をくれる前兆だ。

「そういや最後の世界を追放されたんだから、追加があるのか。もう家に帰るだけだから必要ねー気もするけど……」

言いながらも、俺は水晶玉に手を伸ばしていく。この力が……追放スキルが得られなかったら、きっと俺は一〇〇の異世界を追放されて戻ってくるなんてことを達成できなかったことだろう。あるいはできたとしても、追加で何十年……いや、何百年もかかった可能性だってある。

何しろ元の俺は、特別な力なんてない単なる雑傭兵だ。町や村に根差すことなく各地をふらふらと回っては魔獣を狩ったり商隊の護衛をしたりする、何でもござれの便利屋。そんな奴が勇者パーティなんてものに所属するとなれば、特別な力の一つや二つなければとてもやっていけない。

実際まだ大した追放スキルがなかった初期の頃は、本当に大変だった。マジで土下座する勢いで荷物持ちとかしてたからな……

「……おおぅ」

当時はどんなに辛かった記憶も、こうして思い出にしちまえば懐かしく……いや、やっぱり懐かしくねーな。糞みてーに苦労したのはどこまでいっても苦労だわ。うん。

というわけで、俺は嫌な思い出を忘れるべく首を横に振ってから、改めて水晶玉に手を乗せる。すると光が俺の体に入り込んできて、そこから謎の神様パワーが俺の体に浸透していき……ほほぅ？

「おいおい、こいつはまたスゲーのをよこしたな。てか最初にくれよ」

その内容が頭に流れ込んできたことで、俺は思わずそうぼやく。初めて見た一回使い切りの能力。しかもその効果がこれとは……

これはあれだ。貴重すぎて最後まで使わないやつだ。「彷徨い人の宝物庫」の中を整理したら、そういう感じの回復薬とかが何十本とあると思う。二度と手に入らないって思うと、どうしても使えないんだよなぁ。

「…………ん？」

己の貧乏性に苦笑いを浮かべていると、ふと俺は近くに空間の揺らぎを感じた。別に変な力に目覚めてるとかではなく、この「白い世界」には俺以外に動くものが存在しないので、ちょっとした変化でも感じられるというだけだ。

「左、か？」

それによると、正面で横に長く伸びている壁の左側が違和感の発生源に思える。

普通に考えるならば、また新しい世界への扉が生えてきたってところだろう。が、世界の扉は常に右側に追加されていくので、左側に増えたことは今まで一度だってない。

が、今回は左……つまり最初の世界の方だ。となると、ひょっとして⁉

「………増えてる」

慌てて壁を左側に走っていくと、そこにはこの世界に唯一最初からあり、初めてくぐった〇〇一の扉の左側に、〇〇〇という扉が出現していた。今までなかった、始まりよりも前の扉……つまりこれこそが、俺が元いた世界に通じる扉であるはずだ。

「帰れる……？」

帰れる。そう、きっと帰れる。この扉を開きさえすれば、一〇〇年前に理不尽に奪われた俺の生まれた世界に帰れるはずなんだが……

「な、なあ神様？　俺ってばここで一〇〇年くらい頑張ったわけだけど、ひょっとして元の世界でも同じくらい時間が経っちゃったりしてるわけ？　それは俺としてはスゲー困るんだけど……」

人間の寿命なんて、大体六〇年くらいだ。王様とか貴族みたいないい物を食って治療も受けられる権力者だと七、八〇歳まで生きるのもそう珍しくはねーし、偉大な魔法師が魔

法で寿命を延ばすなんてこともできるみたいだが、生憎と俺が会いたい人達は全員ごく普通の村人とかだ。一〇〇年も経っていれば残らず寿命で墓の下だろう。

「その辺はほら、神様だからいい具合に調整してくれたりとか……ね？　あっ、それともここで最後のスキルを使えってことか⁉　うわ、それは流石にねーよ！」

元の世界に帰ってから今さっき貰ったばかりの追放スキルを使えば、おそらくだがこの問題をどうにかできる気がする。が、それを強要されるのは何とも納得がいかない。

だって俺が失った一〇〇年は、神に捧げた、あるいは奪われた一〇〇年だ。それを補填するために報酬としてもらった追放スキルを使わされるなんざ、必死に働いてもらった報酬を税金として全額持って行かれるようなもんだ。どうしてもとなれば選択の余地はないが、それでもこれは理不尽に過ぎる。

ドサッ！

「うおっ⁉」

天に向かって不満をまき散らしてみると、背後でいきなり物音がした。ビックリして振り返ってみると、床の上に何処かで見たことがある真っ白い表紙の本が落ちていた。

「これって、最初にここに来たときの……？　なら読めってことか？」

どうやら神は自分で声を出すことができないらしい。わざわざ本にされたそれを手に取

り開くと、その中には目の前の扉に関する説明文が書かれていた。

「なになに……ナンバープレートの下に数字？　あ、ホントだ。いつの間に⁉」

言われて顔をあげてみると、扉についている世界の番号を示すプレートの下に、何やら小さな数字が追加されている。本が降ってきたのがさっきなんだから、きっとこれも今追加されたやつなんだろう。あからさまな不思議現象だが、この世界では今更だ。

「へー、これが俺がその世界を出てから、扉の中の世界で経過した時間を表してるわけか。ってことは……」

俺は本から顔をあげ、〇〇〇のプレートの下側に書き込まれている数字を見る。するとそこにも綺麗に〇が並んでおり、他の数字は一つも無い。

「ゼロゼロゼロゼロ……これって時間が経過してないってことか？」

一秒たりとも時間が経過していない。それはつまり、俺がここに拉致監禁されたその瞬間に帰れるということなのか？

「帰れる……あの日の、あの場所に⁉　よし、なら早速……あれ、回らない？　痛ぇ⁉」

意気込んで扉のノブに手をかけ回すも、まるで鍵がかかっているかのように扉のノブは回らない。それに首を傾げてみると、その瞬間俺の脳天に再び衝撃が走った。

「ぐぉぉぉ……な、何だよオイ⁉　また本⁉」

この「白い世界」では何故か追放スキルが一切使えないため、異世界では無敵を誇る俺であっても普通に痛い。

　そして痛みに涙目になった俺の足下にあったのは、またしても白い本。思い切り蹴っ飛ばしてやりたいという衝動をグッと抑え込み手に取ると、どうやらさっきの本よりもこっちの方が若干重いようだ。

「くっそ、何だってんだよ……あぁん？」

　表紙を開いてみると、本の中身がくりぬかれて箱のようになっている。そしてそこには繊細な細工の施された金色の鍵が収まっていた。

「鍵？　いや鍵だけあっても意味がわかんねーし。説明は……これか」

　本来文章があるべきところはくりぬかれているわけだが、幸いにして取りだした鍵の下には説明文が書かれていた。それによると、どうやらこの鍵は「完全追放記念」の品らしい。

　スゲーな、世界にこれほど記念したくない記念が存在するのか……で、これが何だってんだ？

「えーっと……『この鍵を使うと、自身が望む世界への扉を一度だけ開き、再訪することができます。またその世界からの帰還は、追放ではなくその世界内で任意の扉にこの鍵を

再度使用することで可能となります。

それにより鍵は消失し、同時に○○○世界への扉が開くようになります。最後にその目で自らが歩んだ世界の結末を確認してみましょう』……って、何だそりゃ？」

これっぽっちも望んでいない機会を押しつけられて、俺は思わず顔をしかめてしまう。

え、何これ？　つまり適当な世界に行って帰ってこないと、俺のいた世界に帰るための扉は開かないってことか？

「うわぁ、超いらねー。普通に帰らせてくれよ……」

喉が渇いたので適当な店に入って水を注文したら、何故か山盛りの定食がやってきた感じだ。しかも目の前でずっと店員がニコニコしていて、全部食うまで帰さないという無言の圧力をかけてくるやつ。

なあ知ってるか神様？　求められてないサービスを押しつける行為を、人は「おせっかい」って言うらしいぜ？

「チッ……まあいいか。この条件なら適当な世界に行って、すぐ帰って来りゃいいだけだしな……となると、どうすっかな？」

もし帰還条件がまた追放だったならブチ切れてるところだが、適当な扉に鍵を使えばそれだけで帰れるというのなら大した労力でもない。適当な宿屋に部屋を取るか、最悪商店

の裏口とかにでもこの鍵を使えばそれで帰れるんだろうしな。

となれば向かう世界は何処でもいいわけだが……ふと視線を動かした先、隣にある〇〇一世界の扉を見て、俺の脳裏に当時の思い出が蘇ってきた。

「…………苦労したよなぁ」

最初の扉、最初の世界。何もかもが初めてで、訳の分からないままに放り出された異世界での生活は、筆舌に尽くしがたいほどに苦労の連続だった。

何しろ初手から「勇者パーティに加わる」という、本来なら英雄とでも呼ばれるような人物しか成し得ない行為をする必要がある。二〇歳を迎え、ようやく一人前と言われるようになってきた俺の実力なんざ町の門を守る衛兵と大差はなく、良くも悪くも普通そのものだ。

そんな俺でも勇者パーティに加入できたのは、最初にこの世界に呼び出されたときにもらった初めての追放スキル〈偶然という必然〉のおかげに尽きる。こいつのおかげで一番難しい「勇者に出会って仲間に入れてもらう」というのが半ば自動的に達成されたからこそあの勇者の一行として旅ができたわけだが、問題はその後だ。

仲間……ってか同行者になったはいいが、俺には勇者と共に戦える実力も、勇者の役に立てる技能も何もない。

置いて行かれないように、見捨てられないように。俺は必死に自分ができることを探し続け、それを実行していった。宿の手配に消耗品の調達、荷物持ちや旅先の情報収集などなど、思いつくことは全部やり尽くした。

正直、よくあれだけのことができたと思う。普通ならくじけそうなもんだってのに諦めることなく勇者パーティに食らいつき、結局追放されるまで一年半も同行することができたのだ。

うん、我ながら良く頑張った。追放されたらどうなるのかとかも全然わからなかったから、どうにかして安全な場所で追放されようとスゲー気を遣ったもんなぁ。ま、それも俺が追放されるきっかけになった事件のせいで台無しになったけど。

「……ふむ」

さっきは辛い思い出なんてみんな糞だと言い切ったが、旅の全てを思い返してみるとちょっと違う気がする。確かに辛いことも多かったが、楽しかったことだってちゃんとある。特に初めての異世界ってこともあって、あそこで一緒に冒険した仲間達は一〇〇年経っても顔と名前がハッキリ分かるくらい思い入れがある。

「そう言えばスゲー半端なところで追放されちまったけど、あの後ってどうなったんだ？」

〇〇一と刻まれたプレートの下、新たに追加されている数字に目をやると、どうやら俺

が追放されてから一〇年くらい経過しているらしい。魔王のいる領域の直前くらいで追放されたから、それから一〇年となると無事に魔王を討伐し、戦後の混乱も収まって平和な世界が広がってる……って感じになってそうだ。

「ってことは、あの勇者様が王様になってたりするのか？　いや、王様はまだ元気そうだったし、流石に一〇年じゃ……でも魔王討伐って功績があれば……どうなんだ？

うわぁ、会いたくねぇ……まあ会おうと思ったって会えないだろうけどさ」

俺の頭に浮かんでくるのは、何とも高慢ちきな勇者様の笑い声。大国の王子で勇者なんだから分相応って言われりゃそうなんだけど、そんな相手と旅をする平凡な男の気持ちを考えてみて欲しい。

てか、今考えると王子で勇者って狙いすぎだよな。最初の世界だったから「ああ、勇者はそういうものなんだな」って納得してたけど、その後回った世界を鑑みるとそういうわけでもないらしいし。

「ハァ……まあいいか。今なら俺の方が強いだろうし、そもそも俺が会おうとしなけりゃ顔なんて合わせねーだろ。

そうだな、せっかく行くならちょっとくらい平和な世界を観光でもしてみるか？」

勇者パーティとして行動することを余儀なくされていた関係上、俺はパーティから離れ

て単独行動をしたことがほぼない。必然、観光なんてできるはずもないわけだが、今回はその縛り(しば)はなく、俺の〈彷徨い人の宝物庫(ストレンジャーボックス)〉には金銀財宝が山ほど詰(つ)まっている。

「フフフ、勇者饅頭(まんじゅう)とか売ってたりするのかな？　当時のアイツらが着けてた装備と同じデザインの鎧とか……うわぁ、絶対いらないのにちょっと欲しい」

まるっきり似合わない鎧を身に着けて勇者様のご尊顔の描かれた饅頭を囓(かじ)る姿を想像すると、思わずニヤニヤと笑みがこぼれてしまう。これはなかなか楽しそうだ。面倒(めんどう)だった異世界再訪に対するモチベーションがグンと上を向いてくる。

「よし、決まりだ！　じゃ、頼(たの)むぜ」

俺は○○一の扉の前に立つと、ノブの下にあった鍵穴(かぎあな)に金色の鍵を差し込む。ちなみにこの鍵穴もさっきまではなかったはずなんだが、細かいことは気にしない。カチャリという軽い手応えで鍵が回り、それを引き抜いてノブを回せば……

「おぉぉ、本当に開いた」

今まではどれだけ力を込めてもびくともしなかったノブが軽々と回り、開かずの扉があっさりと開く。その向こうにある光の中に足を踏(ふ)み込むと、一瞬(いっしゅん)の酩酊(めいてい)感の後に周囲の世界が移り変わり……俺はどこか見覚えのある草原に立っていた。

「ふむふむ、最初の時と同じ場所……か？」

すっかり忘れているものかと思っていたが、いざ実際に降り立ってみると意外と覚えている気がする。となるとあっちに町が……おお、あった！

「これなら迷ったりもしなそうだな。んじゃのんびりと……っと、その前に一応確認しとかないとな」

異世界に入ったことで、俺(おれ)は自身の追放スキルを二つほど発動させてみる。ほぼ無敵とも言える強力な物理結界を体の表面に展開する〈不落の城壁(インビンシブル)〉に、同じく体の表面に魔力(まりょく)を吸収する薄(うす)い膜(まく)を張ることで事実上攻撃魔法(こうげきまほう)を無効化する〈吸魔の帳(マギアブソーブ)〉。これを常時展開していれば、基本的に俺が傷つくことはない。

万が一の懸念(けねん)としてこの世界を訪(おとず)れた時に習得していない追放スキルが使えないかも？と心配もしたが、どうやら問題なさそうだ。

「守りは完璧(かんぺき)と。あと武器は……適当なのでいいか。どうせ大した魔獣は出やしないだろうし」

俺は〈彷徨い人の宝物庫(ストレンジャーボックス)〉に手を突っ込み、その中から鋼の剣(けん)を一本取り出す。もっと強い武器もあるが、魔王が倒されているはずの世界、しかも大きな町の近くに強い魔獣なんているはずがない。

精々(せいぜい)角ウサギ……名前の通り角の生えたウサギ……くらいなら出遭(であ)うかも知れないが、

一応魔獣の分類とはいえあんなのにやられるのはド新人くらいだ。〈不落の城壁〉を展開した俺の腹に突っ込んできたりすれば、むしろウサギの角の方が折れることだろう。

「うんうん、やっぱりこの手の基本武器は手に馴染むな。せっかくの観光だし、鍛冶場でも借りられたら記念に一本打っとくのもありか？」

この剣自体は市販の物だが、俺はさりげなく鍛冶もできたりする。ただ勇者パーティとして旅をしている間はそこに時間を割くのは難しかったので、打った武器はそこまで多くはないんだが……久しぶりにやってみたいな。実用性を求めるなら追放スキル頼りになるけど、今なら試しに自分の力だけで剣を打ってみるのもありかも知れない。

「うーん、なんだかんだでやりたいことが増えてきたな。もらった瞬間はいらねーと思ったけど、実は意外と気の利いた贈り物だったのかも……うん？」

顔も知らない神様の心配り、それに対する評価に手のひらをクルクル回転させていると、俺の目に大きな町の影が映る。が、その様子がどうにもおかしい。

「町の外壁が崩れてる？　えう、嘘だろ!?　まさか魔獣の襲撃!?」

俺が慌てて高速移動できる追放スキル〈追い風の足〉を起動すると、遠くに見えていた町並みがあっという間に近づいてくる。そうして改めて見てみると町を囲う石の防壁は半分以上が崩れており、そこから覗く町並みもその多くが倒壊している。

「いやいや、嘘だろ⁉　この規模の町がこんなにぶっ壊れてるって……しかもこの様子だと昨日今日に壊れたって感じじゃねーぞ？」

門番のいない町門をそのまま通り抜けると、俺は瓦礫と化した建物の中を見てみる。かろうじて残った家具には厚く埃が積もっており、こうなってから最低でも一年は経っていそうだ。

「どういうことだ？　魔王は死んでるはずだから……まさか人間同士の戦争か？」

考えられる可能性としては、それが一番高い。人類共通の脅威であった魔王が倒れたことで軍事力に余裕が生まれ、その結果大国同士が戦争を始める……何とも嫌な妄想だが、十分以上にあり得る想定だ。

「おい、アンタ！」

と、そこで自身の想像に顔をしかめている俺に、不意に声をかけてくる人物がいた。俺がそちらに振り向くと、瓦礫の影から大きな袋を背負い、ボロい服を着たオッサンがその姿を現す。

「アンタ、こんなところで何やってんだ？　もうこの辺にゃ何も残ってないぜ？」

「そりゃ親切に……って、別に俺は残骸を漁りに来たわけじゃねーよ！　それより教えてくれ、何でこの町はこんな状態になってるんだ？」

「は？　何言ってんだ？　この町が魔王軍に攻め滅ぼされたのは、もう二年も前の話じゃねーか」

「………はぁ？」

訝しげな表情でそう言うオッサンに、俺は思わず間抜けな声をあげてしまう。攻め滅ぼされた？　魔王軍に？　っていうか……

「え、魔王軍!?　魔王軍がまだ健在なのか!?」

「……意味がわかんねぇ。魔王軍はずっと前から世界中を荒らし回ってるだろ？　何だアンタ、そんなことも知らねーとか一体何処の田舎の出だよ？」

「ずっと？　残党とかじゃなく、ずっと前から荒らし続けてる……!?　何でそんなことに？　勇者は!?　勇者はどうなったんだよ!?」

「勇者？」

「勇者だよ！　勇者アレクシス！　一〇年前に魔王討伐目前まで行ってたこの国の王子様、勇者アレクシスだ！」

「ああ、あれか。あれなら五年前に死んだろ？」

「死ん、だ……？」

言葉の意味が理解できず、俺は呆然とその場に立ち尽くす。勇者が、あの気取りやでい

け好かない王子様が死んだ……？

「な、何で……何で死んだんだ？」

「そんなこと俺が知ってるわけねーだろ。ただ偉い人がそう言ったのを聞いただけだ」

「な、なら仲間は⁉　勇者パーティはあと二人いただろ⁉　それは⁉」

「さあなぁ。一緒に死んだんじゃねーか？　少なくとも生き残ってるって話は聞いたことねーぜ」

「そんな…………………………………」

あまりの衝撃に、俺はその場で膝から崩れ落ちるようにして地面にへたり込んでしまう。

そんな俺の無様な姿を笑うアレクシスの姿が、頭の中でパリンと音を立てて砕け散る。

「おいアンタ、大丈夫か？　おーい？」

「…………」

その後幾度かオッサンが声をかけてくれていたようだが、俺の意識はそれを受け入れる余裕がなく、程なくしてオッサンはため息をついてその場から去って行った。

だが俺の方は違う。頭の中がグチャグチャで、ようやく意識が追いついてきたのはそれから何時間も経った後だった。

「死んだ……死んだ？　みんな死んだ………⁉」

それは不思議な気分だった。一〇〇も渡り歩いた勇者パーティのうち、たった一つ。一〇〇年も活動したなかでの、ほんの一年半。それなりに親しくはなったが、そこまで深い仲になれたわけでもない……言ってしまえばちょっと通い慣れた酒場の店員くらいの間柄だったはずの相手の死が、何故か俺の心に強烈なまでに重くのしかかっている。

「アレクシスが……ゴンゾが……ティアが死んだ………？」

時に押し流され、記憶の隅に追いやられていたかつての仲間達の名前が、顔が、鮮明に浮かんでくる。柔らかそうな金髪をかき上げて俺を見下してくるアレクシスの顔が、やたらと筋肉を誇示してくるハゲ武僧のゴンゾの顔が、何かにつけてお姉さんぶってくるティアの翡翠の瞳が、俺の瞼の裏に焼き付いて離れない。

いっそ誰だかわからないくらいに忘れてしまっていればこんな気持ちになることはなかったはずなのに……それが出来ない。

「は、ははは……何だよ、俺ってそんなに情の厚い奴だったか？　俺を追放した最初の『元』仲間達だぜ？　なのに、なんでこんな……」

たとえばこれが一〇〇年後で、全員が老衰で……いや、ティアはエルフだったからまだ生きてただろうけど……死んだとかなら、きっとこんな気分にはならなかったはずだ。わだかまりなんて遠い過去。墓に好物の一つも供えて手を合わせれば、ちょっと昔を懐かし

む程度で終わったことだと思えたに違いない。

それにこの理不尽な結末は、仮に俺が追放されなかったとしてもきっと変わらない。今の俺ならともかく当時の俺がそのまま勇者パーティに残留したとして、アレクシス達が全滅するような脅威に立ち向かえるはずがないからだ。

ならばこれこそが、受け入れるべきこの世界の結末。あの鍵の説明文に書いてあった、見届けるべき運命の帰結。軽い気持ちでこの世界に戻ってきた部外者でしかない俺は、それを黙って受け入れて「残念だったな」と哀悼の意のひとつも示したらさっさと元の世界に帰るのが正解のはずだ。

そうすりゃ俺には懐かしい家族と友人に囲まれた日々が戻ってくる。それが一番理想的で、そうする以外に俺ができることなんて何もない。わかってる。そんなことはわかってるはずなのに……俺の心が、魂が。そんなもので納得できるかと悪あがきの叫び声をさっきからずっとあげ続けている。

「現れろ、〈失せ物狂いの羅針盤〉(アカシックコンパス)」

右手を軽く前に突き出し、手のひらを上にして俺はそう呟く。すると手の上に握りこぶしを二回り大きくしたくらいの十字形の金属枠が出現し、捜すべきナニカを求めて空白の中央にチカチカと光が瞬く。

「捜し物は……勇者アレクシス」

その言葉に合わせてカラッポだった枠の中に白いもやが現れ、そこにアレクシスの偉そうな顔がフッと浮かび上がり……だがそのまま霧散して消えてしまう。それはつまり、捜索対象であるアレクシスが何処にも存在しないということだ。

「っ……なら、勇者アレクシスの………死んだ場所は？」

唇を噛みしめながら、俺は新たな指定を入力する。すると空の金属枠の内部に見たことのない場所が浮かび、次いで集まったもやが鏃のような形に変わって目的地の場所を示す。

「ゴンゾ………武僧ゴンゾの、死んだ場所は？」

対象を変えて問い直す。だがそれが示した場所は先ほどと同じ光景。どうやら二人は同じ場所で死んだらしい。

（ってことは、やっぱり魔族との戦闘で死んだのか……なら……）

万が一不慮の事故や不治の病で死んだというのなら、二人が同じ場所で命を落とすのは考えづらい。だが逆に言えば、同じ場所で死んでいるということは勇者パーティがその場所で全滅した可能性が高いということだ。

ならばそれを聞く必要があるのか？　無意味に確認して余計な痛みを味わうだけじゃないか？　そんな疑問を振り切って、俺は三度〈失せ物狂いの羅針盤〉に問う。

「ティアの……ルナリーティアの死んだ場所は？」

輝くようなエルフの女の顔が、〈失せ物狂いの羅針盤〉の中に浮かぶ。自分の中のもやもやにけじめをつけるべくその後の変化を見守る俺だったが、予想に反して白いもやはそのまま消失してしまった。

「…………え？」

もやが消える。それは捜索対象が存在しないということだ。死んだ場所が存在しない？ってことは……ティアは生きてる⁉

「ティアの……ルナリーティアの現在地は何処だ⁉」

勢い込んで怒鳴るようにそう問うと、幸いにして俺の追放スキルはふてくされることもなく前の二つとは違う景色を映し出す。深い森、小さな家……その景色が鏃の形に変わるのを確認した瞬間、俺は示された方角に向かって全力で走り出した。

「ハァ……ハァ……ハァ……」

高ぶる気持ちが呼吸を荒らげ俺の体に疲労を蓄積していくが、そんなものは俺を突き動かす激情に比べれば考慮するにも値しない。見通しのいい平地は〈追い風の足〉で走り抜け、木々の生い茂る深い森に入ったところで新たに追放スキル〈不可知の鏡面〉を発動する。こいつは一時間しか継続できず一度使うとその後丸一日発動できなくなるが、発動中

は俺の姿が完全に見えなくなり、この世界からあらゆる干渉を受けずに移動することができるというぶっちぎりに強力な追放スキルだ。

勿論、強力ではあっても完全な万能というわけじゃない。大勢の人だろうが分厚い城壁だろうがお構いなしにすり抜けられる反面、俺の方からもそれらに干渉できなくなり、紙切れ一枚だって動かすことはできないのだ。

また一定以上の質量を持ち、この世界に根付いているもの……要は海とか地面とか、そういうものはすり抜けられず衝突してしまう。そのおかげで大地の底に真っ逆さまに落ちるなんてことにはならないし、その性質を利用することで水の上を走るなんてこともできるわけだが、そんなこと今はどうでもいい。

「ハァ……ハァ……ハァ…………」

平地を駆け抜け木々をすり抜け、一心不乱に前進する。途中で〈不可知の鏡面〉の効果が切れたせいで若干速度が落ちたが、それでも俺の移動速度は軍馬どころか飛龍にだって劣らない。

走る、走る。山を越え川を渡り、どう考えても人が住むには適していない秘境の奥地に入り込む。そうして本当にこんなところにティアが住んでいるのかと不安が疑問を呼び始めた頃……俺は遂に〈失せ物狂いの羅針盤〉が示した場所に辿り着いた。

「ハァ……ハァ……ハァァ…………ここ、か…………？」

俺の手の上から、役目を終えた〈失せ物狂いの羅針盤〉が消失する。目の前にあるのは何とも手作り感溢れるボロい木の小屋であり、その周囲には最近人が出入りしたであろう痕跡がわずかながらに残っている。

「すぅぅ……はぁぁ……よし」

大きく深呼吸をして、俺はまず呼吸と気持ちを整えた。ティアが生きていたことに驚いて全力で走ってきてしまったが、よく考えるとティアからすれば俺は勇者パーティを追放された厄介者でしかない。そんな奴がいきなり自宅を訪ねてきたら、普通に考えて門前払いされそうだ。

「やべぇ、何か手土産とか持ってくるべきだったか？」

俺は〈彷徨い人の宝物庫〉に手を突っ込んで、いい具合に渡せそうなものが入ってないかを探っていく。が、武具やら回復薬やらならいくらでも出てくる反面、一〇年ぶりに会う知人に渡すのに相応しいものは見つからない。

というのも俺の〈彷徨い人の宝物庫〉は容量こそ大きくても内部の時間が止まったりするような便利機能はないので、ちょっとした例外を除くと必然花とか食料品みたいなものは入っていないのだ。

「チッ、もうちょっとこう、気の利いた何かは……お？」

そんななか、俺の手に固いけれども柔らかい感触が触れた。最後の世界を追放されたあの日、酒場に行く前に寄った市場で買った果物だ。

「いいのがあるじゃーん！　よし、これでいこう」

確かティアは、甘い果物とかが好きだった。まあ嫌いな奴なんて滅多にいないと思うが、好物だというのなら輪をかけて素晴らしい。あの日これを買った俺の先見の明を全力で褒めてやりたい。

「後は、素手で抱えてくのもあれか……これでいいや」

追加で適当な編み籠を取り出すと、俺はその中にさっきの柑橘を手持ちの五つ全部詰めて準備を整え、最後にもう一度息を整えてから目の前の家の扉をノックした。

コンコン
「…………………？」

コンコンコン
「………………うーん？」

数度ノックを繰り返すも、誰かが出てくる様子がない。というか、中にある人の気配が動いているように思えない。

（まさか居留守⁉　って、流石にそれはねーよな）

訪ねてきたのが俺だと知られているならそういうこともあるかも知れないが、この世界に来たばかりの俺のことをティアが知っているはずもない。更に数度のノックを重ねたが、やはり中にある人の気配は微動だにしない。

「こんにちはー！　どなたかいませんかー？」

ノックが駄目というのなら、俺は割と大きめの声で中に呼びかけてみた。それでもなお反応はなく、俺は困り果ててその場で腕組みをして考え込む。

「うーん………」

これが町の近くというのなら、また日を改めるというのもありだろう。が、ここまで人里を離れた場所となると後日再訪というのは正直やりたくない。

かといってこれ以上大声で呼びかけてもおそらく意味はないだろう。遮音結界でも張っているのでなければ、さっきの呼びかけで聞こえていないはずがないからだ。

「………入るか？」

俺の脳裏に、悪魔のような閃きが浮かぶ。いやいや、一〇年ぶりの相手の家に無断で侵入するってどうなのよ？　俺のことを覚えてても覚えてなくても酷い目に遭う未来しか見えねーぞ？　いやでも、だからってここで諦めるのもなぁ……

「ティアー？　ルナリーティアさーん？　俺だ、一〇年前に一緒に勇者パーティとして旅をしてた、エドだ！」

最後の悪あがきとして、俺は大声でティアに呼びかけ名乗りをあげる。だがやはり何の反応もなく、俺は遂に悪魔の決断をした。

「……よし、入ろう」

猛烈に軽蔑されるとしても、このまま何もせずに帰るよりはマシだ。どのみちこの世界に長居するつもりはないのだから、最悪不法侵入の犯罪者として手配されても世界を出てしまえば関係ない。

俺はそっと扉に手をかけノブを回す。すると鍵はかかっておらず、あっさりと開いた扉を引いておっかなびっくり家の中へと足を踏み入れる。

「お邪魔します……」

ここに来て、何故か小声で俺はそう呟く。薄暗い室内を見回せばそこには生活の跡が窺え、それがティアかはともかくここで誰かが暮らしているのは間違いない。

（もし別人の家だったら、走って逃げよう……）

俺の〈失せ物狂いの羅針盤〉が間違えたことは今まで一度としてないが、今回がその一回目になる可能性はいつだってある。心構えをしつつも俺はできるだけ音を立てないよう

に歩きながら、いくつかある部屋の扉の一つに手をかける。

「ここは……」

開かれたのは寝室の扉。部屋の端にはベッドがあり、こんもりと膨らんだシルエットから誰かが寝ているのは確実。

ちなみに、今はもう昼過ぎだ。つまりこの家の主は、昼過ぎまで暢気に寝ているような人物ということになる。

「ええ……？」

無反応の原因がまさかの惰眠をむさぼっていたからという事実に、俺は思わず顔を歪めながらベッドの方に近づいていく。そうして軽く布団をめくると、あの頃から全く変わっていないエルフの女の安らかな寝顔があり……

「………………ぐぅ」

「起きろ、このねぼすけ娘が！」

「あぐっ⁉」

俺は寝ているティアの額にベチッとデコピンを食らわせた。するとティアの体がビクッと跳ね、すぐにその目が見開かれる。

「ふぇ⁉　だ、誰⁉」

「あ、えーっと……」

何となくやってしまったが、寝てる女の部屋に忍び込んでデコピンするとか不審者街道まっしぐらだ。咄嗟の言い訳が何も思い浮かばずキョロキョロと視線を彷徨わせる俺に対し、しかしティアはその翡翠の瞳を大きく見開いてこっちを見てくる。

「……………………嘘。私まだ夢を見てるのかしら？」

「いやぁ、夢ではない感じだと思うんだが……ひ、久しぶり？」

「エドッ！」

ガバッと飛び起きたティアが、俺の首にそのまま抱きついてくる。全く予想していなかった展開に思考も体も固まっていると、矢継ぎ早にティアが話しかけてくる。

「エド、エドだ。本当にエドがいる……まさか生きて再会できるなんて……っ！」

「ちょっ、落ち着け！　落ち着いてくれ！　まずは離れて……ってか、生きて再会ってのは？」

確かに俺は勇者パーティを追放されたが、別に死んで当然の場所で放り出されたわけじゃない。色々と薄いティアの体を引き離しながら問うと、ティアがちょっときつめに俺の方を睨んでくる。

「何言ってるのよ！　自分の痕跡を徹底的に隠してたのはエドの方でしょ⁉　私達と一緒

に旅してたんだからエドだってそこそこ有名なはずなのに、何処の町に行っても追放後のエドが何処で何をしてるかを知ってる人がいなくて、だからよっぽど私達に会いたくないか、それともひょっとして、何処かでとっくに死んじゃってるんじゃないかって……私、ずっと……っ」

「あー、それは……悪かったな」

勇者パーティから追放された一〇分後には、俺はあの「白い世界」に帰還を果たしている。なので当然こっちの世界にその後の足取りなんてものがあるはずもなく、その事情を知らなければ確かに死んだか、あるいは二度と関わり合いにならないように名を捨てて活動してるとしか思えないだろう。

「悪い、そんなつもりはなかったんだ。ただこう……な？　ほら、勇者パーティから追放されたってなると色々と体裁が悪いから、ティアの言う通り名前を変えて遠くの国で活動してたっていうか……」

「そう、だったんだ……良かった、本当に良かった……っ」

適当な理由を口にした俺に、ティアが涙をこぼしながら大きく息を吐く。その姿を前に俺の中で罪悪感がとんでもないことになっているんだが、かといって俺は追放された側なんだから、俺が謝るのも何か違う。

チッ、何もかも追放なんて方法でしか世界を脱出できない仕様にした奴のせいだ。いっそ「白い世界」に戻ったら部屋に落書きでもしてやろうか？　いや、あの世界だと追放スキルが使えねーからペンとか持ち込めないけど。

あとは「追放」という仕様から解放された今なら本当のことを話すってのもできそうだが……今更だな。一〇年経って戻ってきた俺が実はこんな事情があってーなんて話したところで、余計にティアを混乱させるだけだろう。

「あ、そうだ。今更だけど、これお土産な」

俺はティアに抱きつかれた時に落としてしまった籠を拾い上げ、床に転がった柑橘を拾って詰め直す。そうして籠を差し出すと、ティアがそこに入った黄色い果物を手に軽く首を傾げる。

「これってオレンの実？　嬉しいけど、この家にお風呂なんてないわよ？」

「風呂？　わざわざ風呂で食うのか？」

「食べるの⁉」

俺の言葉に、ティアが大げさに驚きの声をあげる。どうにも意見が噛み合わず互いに顔を見合わせ首を傾げてみると、ティアの方から話を続けてくれる。

「あのね、これはオレンの実って言って、この皮のところに切れ目を入れてお風呂に浮か

べるととってもいい香りがして、お肌もスベスベになるの。

でも実の部分はとっても酸っぱいから、こんなの食べたらお口がこう、キューってなっちゃうわよ？」

言ってティアが酸っぱそうな表情で口を突き出してみせる。だがそう説明されたとしても、俺はそれに頷くわけにはいかない。

「いや、これは普通に甘くて美味しいやつだぞ？」

「嘘！　私のことを騙そうとしたってそうはいかないんだから！」

「嘘じゃねーって！　なら食ってみろよ。絶対美味いから！」

「ホントにー？」

俺の言葉に、ティアがあからさまに訝しげな視線を向けてくる。だが俺はこの実を何度か食ったことがあるし、多少の違いはあれど言うほど酸っぱいということはなかった。

ってか、そうだよ。そもそも世界が違うんだから、もし見た目がそっくりだったとしても、これはオレンの実とやらじゃない。なら味や使用目的が違うのはむしろ当然だろう。

「今剥いてやるから、騙されたと思って食ってみ？　もし不味かったら……あー、何かお願い聞いてやるから」

「へー？　約束したわよ？」

「お、おぅ。あんまり無茶なことは言うなよ……いや、本当に美味いはずだけど」

　俺は腰の鞄からナイフを取り出し、オレンの実っぽい何かの厚い皮に切れ込みを入れる。すると柑橘系のいい香りが部屋の中に漂い始め、俺はその内側にある実を一房取ってティアの口元に持っていった。するとティアは最後にもうひと睨みしてからそれをパクリと口に入れ……

「すっ⁉」

「え、嘘だろ⁉」

　キュッと顔をすぼめたティアに、俺は慌てて剥かれていたオレンの実から一房外して食べる。確かに種が出来るほど熟れすぎてしまうと酸っぱくなるらしいけど、これは甘いはず……ん？

「何だ？　普通に甘いぞ？」

「フフーン！　やーい、騙されたー！」

「なっ⁉」

　困惑の表情を浮かべる俺に、ティアがニンマリと笑ってみせる。してやったりという顔がなんとも言えず小憎たらしい……が、一〇〇年の時を経て大人になった俺は、こんなことで怒ったりはしない。

「はっはっは、ティアさん。それはちょっと大人げないんじゃありませんか？」

たとえこめかみがピクピク震えていようとも、怒ってはいない。ほっぺたをツンツンつつかれても怒ってはいない。むにーっと引っ張られても……

「何だよさっきから！」

「ふふっ、いいじゃないこのくらい。昔だってよくこうして遊んであげたでしょ？」

「一方的に弄られていただけだと思うけど？」

「そう？　私は可愛がってたつもりなのになぁ」

「ふっざけんな！　いたいけな青少年をからかいやがって！　当時の俺がどんだけ……」

「どれだけ、なに？」

「…………いや、何でもねーけど」

ティアは何というか、とても距離感の近い女性だった。女にもてた経験なんてない俺からすると、やたらと気安く体に触ってきたり無防備に息がかかるような距離まで顔を近づけられたりするのは、それはもう緊張したものだったのだ。

とは言えティアは平均寿命が三〇〇年もあるエルフ。下手すりゃ俺より年下に見えるような外見をしていてもその年齢は一〇〇歳を超えていたはずで、向こうからすれば俺なんざ小さな子供か、よくて手のかかる弟くらいの感覚なんだろう。

要は大人が子供をからかって遊んでいただけだ。それを理解しているからこそ、俺は変な勘違いをしないように必死に自制をしていたし、実際最後には俺の判断が正しかったということがあまり望ましくない形で証明されてもいる。

「ハァ、一〇年経ってもティアは変わってねーなぁ。流石は俺を勇者パーティから追放させた女だぜ」

「っ……それ、は…………」

ちょっとした意趣返しのつもりで軽い調子でそんな皮肉を口にした俺に、しかしティアの表情が一瞬にして曇る。

おっと、これはちょいとやり過ぎたか。懐かしいやりとりに心まであの頃に戻っちまったようだが、こんな顔をさせるのは俺としても本意じゃない。

「いや、すまん。今のは俺が悪かった。許してくれ」

「…………………」

「あー、ち、違うぜ？　俺はティアのことを恨んでなんていねーし、そのことを引きずったりもしてねーんだ。確かに当時の俺は弱っちくて勇者パーティの足手まといだったし、原因も……まあ、うん。一応俺が悪かったと思ってるし」

「……………………ごめんね」

「いやいやいやいや⁉　違うから！　本当にそういうのじゃねーから！　だからそんな顔すんなって！」

せっかく笑顔を見せてくれたティアが、再びその表情を曇らせてしまう。

チッ、何やってんだ、俺は馬鹿か⁉　一〇年ぶりに会う仲間を泣かせるためにこんなところまで必死こいて走ってきたわけじゃねーだろうが！

「……なら、エドは何でここに来たの？　私を責めるためじゃないの？」

そんな俺の内心など知るよしもないティアが、縋るような目で俺を見てくる。しかしその問いの意味が俺には理解できない。

「責める？　何で？」

「……私が、私だけが生き残ってるから」

「っ…………」

ギュッと、胸が締め付けられるような気がした。あまりにも鮮やかに蘇りすぎた過去が、より一層現実に落ちた影を色濃く見せつけてくるようだ。

「……そんなわけねーだろ。それを言うなら俺だって、勇者パーティから外れた生き残りだぜ？　もしそれに罪があるって言うなら、俺だって同罪だ」

「それは――」

「そうなんだよ！　だからそんなことするつもりはないし、そんなことするためにここに来たわけじゃねぇ。ただ……」

「ただ？」

「……話は、聞かせてくれねーか？　俺が抜けた後、勇者パーティに何があった？　どうして勇者様は……アレクシスは死んだんだ？」

この場所に来たことに一番もっともらしい理由をつけるなら、真実を知るため。静かに問いかける俺に、ティアは苦しそうに顔を歪めて俯く。仲間が死んだ時の話なんて……ましてや自分だけが生き残った時のことなんて、思い出したいはずがない。

でも、俺はそれを知りたい。外様でも部外者でも、ほんの一時だけとはいえ勇者パーティの一員であった俺には、それを知る権利と義務があるはずだ。だけど……

「やっぱり辛いか？　だったら今じゃなくても……」

「ううん、いい。今話す……今話さないと、きっと後悔すると思うから。でも流石にここじゃあれだから、向こうの部屋でもいい？　お茶も入れるし……あと、着替えくらいはしたいかも」

「あ、ああ。そうだな。そりゃそうだ」

割と話し込んでしまったが、ここは寝室でありティアが着ているのは光沢のあるピンク

色のパジャマだ。見た感じボロい家とは不釣り合いな高級品だと思えるが、卓越した精霊使いであるティアの実力を考えれば、その身に纏うに相応しい逸品と言えるだろう。

　ただし、どれだけ高級だろうと寝間着は寝間着なので、当然人前で着るには適さない。

「じゃあ、俺は向こうで待ってるから」

「うん。着替えたらすぐに行くね」

　寝室を出ると、俺は居間にあった四人がけのテーブルの一席に腰を落とした。

　そうしてしばらく待つと、見慣れた若草色の旅装に身を包むティアがその姿を現す。先程食したオレンの実のような色の長髪は金ほど眩しくなく温かみを感じさせ、一六〇センチほどの身長に対してほっそりとした体は……ん？　前より細くなってる感じがするな。正直ちょっと痩せすぎな感じはするが、女性に体型のことを突っ込むほど俺は間抜けじゃない。

　てか、そもそも何で旅装？　ひょっとして警戒されてるとか？　疑問は色々浮かんでくるが、当のティアは大きな翡翠色の瞳を輝かせ、テーブルに着いた俺にニコニコしながら声をかけてくる。

「お待たせ。それじゃお茶を入れるから、もう少しだけ待ってくれる？」

「うむうむ。よきにはからえ」

「何それ？　フフッ」

フンスと胸を張って大仰な言い回しをした俺に、ティアがクスクスと笑いながら調理場の方に移動していく。その背がちょこちょこ動くのを眺めていると、程なくしてテーブルの上には白磁のティーセットが二人分並び、目の前に置かれたカップには芳醇な香りを放つ赤い紅茶が並々と注がれた。

「はい、どうぞ」

「おう、ありがとう……あれ？　このお茶って……？」

「あら、覚えてるの？　偉い偉い」

「むぅ」

それは俺が初めてティアに入れてもらったのと同じ紅茶。わざわざ身を乗り出して俺の頭を撫でるティアに不満を露わにした視線を向けると、座り直したティアが自分のカップに口をつけ……そして小さく息を吐く。

「じゃ、話すわね。エドがいなくなってから、私達に何があったのか……」

バッドエンドが確定している、誰も得しない昔話。手のひらの温もりとは打って変わって冷える室内の空気に、ティアの言葉が静かに響いていく。

「エドがいなくなってすぐ、私達はエドの代わりになる人を探したわ。でも、それが上手

くいかなかったの」

「へ？　何で？」

予想外なティアの言葉に、俺は思わず間抜けな声をあげてしまう。

自分で言うのも何だが、当時の俺の能力なんて平凡の極みだ。俺より仕事ができる奴なんてそれこそいくらでもいるだろうし、ましてや荷物持ちなんて腕力と体力があれば誰にでもできるような仕事だ。その程度の人材募集が上手くいかないとは……？

「ほら、エドが抜けたのって、魔王軍との戦いの最前線近くだったでしょ？　だからかも知れないんだけど、本当に荷物持ちをしたいんじゃなくて、それをきっかけに私達の仲間になりたいって考える人達ばっかりで……」

「ああ、そういう……」

苦笑するティアの顔に、俺はその光景を想像して納得する。なるほど人が集まらなかったんじゃなく、こっちの要望とは違う人物ばっかりが集まっちまったわけか。

実のところ、俺は一年半もアレクシス達と行動を共にしていたにも拘わらず、公的には勇者パーティの一員としては認められていない。これは勇者パーティに加わるには弱すぎた俺がそれでも同行するために、財布を共にする仲間ではなく、報酬をもらって仕事をする雇われという立場にならざるを得なかったからだ。

なので他のメンバーが偉い人と話をしたり豪華なパーティなんかに出席してる時には俺は基本宿で留守番をしたりしてたし、勇者パーティを対象とした報奨金とか特権とかは一切もらってない。

　俺は別に有名になりたくて勇者パーティにいたわけじゃないし、そもそもそんなところに呼ばれてもアタフタするだけでいいことなんて何もなかっただろうからその待遇に何の不満もなかったんだが……確かに最前線で戦えるような人物であれば、荷物持ちをきっかけに自分の力を示し、あわよくば勇者パーティの一員にと考えるのは十分にあり得る話だろう……それをアレクシス達が望んでいれば、だが。

「でも、私達が欲しかったのは純粋な荷物持ちだから、そんな風に自己主張されても困っちゃうのよ。

　私達が全力で戦えるように誰かに荷物を持ってもらいたいのに、その人が自分の強さをアピールしようと思ったら、当然荷物が邪魔になるでしょ？　そうなると何だかんだ言い訳をして最低限の仕事すら嫌がったり、時には無理矢理戦闘に割り込んでくる人までいたりして……六人くらい雇ったけど、大体みんな三ヶ月は保たずにアレクシスが怒って追い出しちゃったわ」

「おぉう……」

顔は冷静なのに内心ではぶち切れてて、ネチネチ文句を言うアレクシスの姿を想像し、俺は思わず身震いしてしまう。勘違い野郎共に同情の余地はないが、正直その場に俺がいなくてよかったとちょっと思ってしまった。

「で、そこまでいくと流石にもうその近辺で勧誘するのは無理かなって話になって、仕方なく一旦大きめの町まで撤退して、専門の荷運びを雇うことにしたんだけど……」

「ん？　その言い方だとそれも駄目だったのか？　何で？」

「うん……ほら、エドって凄く必死に、色々やってくれたでしょ？　だから私達もそれが普通なんだって思っちゃってたんだけど……ある日アレクシスが雇った人にそれを要求したら、『自分の仕事は荷物を運ぶことであり、雑用や身の回りの世話は含まれていない。それをして欲しいなら自分とは別に専用の召使いなり雑用係を雇うべきだ』って言い返されちゃったのよ。それでアレクシスが激怒しちゃって、その勢いでその人を追い出しちゃったの」

「ええ？」

困ったような表情を浮かべているティアに、俺もまた困惑の声で返す。

確かに俺は、パーティ加入直後から思いつく限りのあらゆる雑用を率先してこなした。それは俺自身が勇者パーティに同行する実力がないのを自覚していたのと、それでもなお

絶対に勇者パーティについていかなければならない理由があったからだ。

同行から半年経った頃にはその動機も消えていたわけだが、追放されたら一〇分で「白い世界」に戻されるということを知らなかったから、万が一の場合でも自分一人で生活できる比較的安全な場所で追放されるように調整するため、目的は変われどその後もやっぱり全力で奉仕を続けていた。

そして気づけば、俺はみんなとの旅に愛着を感じるようになっていた。色々と危険な目に遭ったりもしたけど、以前の俺じゃ絶対にできないような場所を旅して、俺の実力では考えられないような冒険を沢山して……いつの間にか俺は、追放されなきゃいけないという目的から目をそらしてしまうほどに全力で皆を支え続けたんだ。

実力は劣っていても仲間のためにと自主的に努力する俺と、実力は高くてももらった報酬分の仕事しかしないそいつ。どっちがいいとか悪いとかじゃなく、その在り方が違うのは当然だ。

「いやでも、そのくらいアレクシスならわかるだろ？　勇者パーティで金に困ったことなんてねーはずだし、ならもう一人雑用で雇えばよかったじゃん」

そんな俺の指摘に、ティアが軽く苦笑する。

「そうね。今なら私もそう思うわ。ただあの頃は私もアレクシスもその前に雇った人達の

ことで、ちょっとやさぐれてたのよ。ゴンゾは諭してくれたけど、アレクシスは引っ込みがつかなかったみたいで……」

「あー……」

その言葉には俺も同意せざるを得ない。そりゃアレクシスだって人間だ。いらついて間違いを犯すことだってあるだろうが、勇者で王子という立場だと頭を下げるのも簡単じゃない。間違いを素直に認められるのは美徳だろうが、人の上に立つ権力者だと弱い姿を見せてつけ込まれることを考えれば、過ちを認めることが必ずしも正解とはならないのだ。

「それにね、こう言ったらなんだけど、荷運びの人は他にもいるでしょ？　とりあえずその人には遠回しに謝罪をした上で、他の人を雇えばそれでいいかなって空気もあったの。でも、現実はそんなに甘くなかった。アレクシスが立場を利用して契約外の仕事を無理矢理やらせようとしたって悪評があっという間に出回っちゃって、もう誰も私達に雇われてはくれなかったの。

慌てて訂正しようとしたし、ここで遂にアレクシスが正式に謝罪するって話も出たんだけど、相手の人に受けてもらえなかったの。ううん、正確には表向きは『そこまでしなくてももう何も気にしていない』って言葉はもらったんだけど、むしろ権力で無理矢理和解させたってことで余計に状況が悪くなって……」

「あー、そりゃ悪手だわ」

その状況での謝罪なんて、本気にする奴がいるはずがない。アレクシスの本心がどうだったかに拘わらず、そんな面倒なことをして最後まで絡んでくる雇い主なんて、報酬を倍もらったってお断りだ。

「うわ、エドったら容赦なく言うわね……でもその通りよ。荷物持ちはどうしても必要だけど、それを受けてくれる人はもういない。それに私やゴンゾが大怪我をしたとかならともかく、言っちゃえば誰でもいい荷物持ちがいないってだけでいつまでも勇者パーティが動かないのも批判の対象になり始めてたの。

もう本当に困り果てて、いっそ多少の危険は承知で私達で分割して荷物を持とうかって話すら出てたところに……とある人が声をかけてきてくれたの。自分ならどんな荷物でも持つし、雑用だって喜んでする。だから是非一緒に仕事をさせてくれって。

それは私達にとってとにかく都合のいい話だったの。だからアレクシスは喜んでそれを受け入れたし、私もゴンゾも歓迎したわ。そうしてようやく活動を再開できた私達は、そのままその人と協力して冒険を続けて……だけど…………」

そこまで話したところで、ティアの表情が辛そうに歪む。薄い唇をキュッと噛みしめた様子には、嫌な予感を禁じ得ない。

「長い長い時間をかけて、私達は遂に魔境を抜けたの。深い森が終わって、遂に辿り着いた魔王の領域。そこは見渡す限りの平原で……そしてその平原を埋め尽くす勢いで、魔王軍の大軍勢が待ち構えてた。

とは言え、それくらいは覚悟してたわ。魔境を抜ける何ヶ月もの間、魔王軍から完全に隠れるなんて無理だもの。だからこういう状況も想定して準備を整えてたんだけど……荷物持ちの人がね、逃げちゃったのよ」

「…………は？　逃げた？」

その言葉が理解できず、俺はそっくりそのまま問い返す。いやだって、え？

「逃げたって……どうやって？　魔境を抜けて来たんだろ？」

ただの荷物持ちが大地を埋め尽くすような魔王軍にビビって逃げ出したくなる気持ちはよくわかる。が、それこそただの荷物持ちが、勇者パーティが何ヶ月もかけて踏破したような場所から逃げられるはずがない。そんな俺の疑問に、ティアが困ったように眉根を寄せる。

「転移結晶って知ってる？」

「ああ。あらかじめ場所を登録しておくと、割ったときにそこに転移できるってあれだよな？」

「そう。それを私達は万が一の時の脱出手段として人数分用意していたんだけど、あれって割れたら勝手に発動しちゃうから、戦闘中は持ち歩かないでしょ？　だからその人に全部まとめて預けてたんだけど……」

「…………え、嘘だろ。まさか⁉」

「うん。その人が転移結晶を使っちゃったの。私達が用意した回復薬やら魔導具やらを全部持ったままその人が青い光に包まれて消えたのを見た時は、正直何が起きたのかわからなかったわ」

「なん、だそりゃ……⁉」

悲しげなティアの表情に、俺の内からどうしようもない怒りが沸き上がってくる。

自分の分を使って逃げるならまだわかる。だが仲間の分まで全部持ち逃げする？　既に戦闘が始まってたならともかく、まだ遠くからにらみ合ってる状況だったんだろ？　完全な一般人ならそれでも混乱して……って可能性があるが、アレクシス達と一緒に魔境を抜けてきたんだろ⁉　そんな奴が何で、どうして……っ⁉

「それで…………それで、どうなったんだ？」

名も知らぬ俺の後継者に激しい憤りを感じつつも、今更それをどうこうすることもできない。気持ちを切り替え問う俺に、ティアが枯れたような苦笑を浮かべて静かに首を横に

振る。

「どう？　どうにもならなかったわ。武器や防具はともかく、身につけていたのは緊急用の回復薬が幾つかくらいだもの。それでも必死に戦ったけど、何千人もいる魔王軍を前にはどうすることもできなかった。

咄嗟に魔境に逃げ込んで、身を潜めながらしばらくは戦ったけど……でも結局は魔境に巣くう魔獣にも追い立てられる形になって、最初に出た草原に戻らざるを得なかった。

そうしてそこで死を覚悟して、こうなったら最後に特大の精霊魔法を……って思ったところで、アレクシスが……」

ティアの目から、涙がこぼれる。握りしめた小さな拳と一緒に声を震わせ、それでも気丈に話を続けてくれる。

「アレクシスがいつも着てた鎧にはね、実は胸のところの奥に秘密の転移結晶が仕込んであったの。もしそれが破損するようなことがあったら、仲間を見捨ててでも自分だけは生き残れるように。

そりゃそうよね。私やゴンゾと違って、アレクシスは神様に選ばれた勇者で大国の王子様……本当に代えの利かない唯一の人だもの。だからもし、あの時アレクシスが私達の目の前から消えてしまったとしても、私は勿論ゴンゾだってアレクシスを恨んだりしなかっ

たと思うわ。むしろ勇者だけでも生き延びたってホッとしたかも知れない。

でも、なのに……アレクシスはそれを外して、私に使ったの！『勇者である僕が仲間を見捨てて逃げ帰るなんて、そんな格好悪いことできるわけないだろう？』って！

ボロボロの鎧の隙間から転移結晶を外して、それを私に無理矢理握らせたあと、そのまま剣の柄で叩き割られて……っ！

何も、何も言う暇なんてなかった！　アレクシスがいつもみたいに余裕たっぷりの偉ぶった笑顔を浮かべてて……私は、私は……っ！」

溢れる涙をボロボロとこぼし続けながら、ティアが溜め込んでいた心情を吐き出していく。俺なんかよりずっとあいつらと一緒に居て、生死をかけた戦いに身を投じていたティアがどんな思いでこの言葉を口にしているのかなんて、俺には推測することすら烏滸がましい。

「うぅ……うっうっうっ…………うわぁぁぁぁぁぁ！！！」

遂にテーブルに顔を伏せ、ティアが子供のように泣き叫ぶ。俺はそっと席を立つと、側に寄り添ってそんなティアの背中を優しくさすり続ける。。

そうしてどれだけの時間が過ぎただろう？　胸に宿る悲しみは無限でも、流せる涙には限界がある。少しずつ声が収まっていったティアがようやく顔をあげると、真っ赤に腫れ

た両目をコシコシとこすってから姿勢を正した。

「……落ち着いたか？」

「うん。ごめんねエド。ありがとう」

ズビズビと鼻を啜るティアが、目を真っ赤に腫らして笑う。その顔はあまりにも痛々しいが、それでもティアは続きを話し始めてくれる。

「私が出たのは、ノートランドのお城にある秘密の部屋だったわ。後で聞いた話だと、そこに取り乱した私が一人で現れたことが大変な問題になったみたい。

そりゃそうよね。本来ならアレクシスが出てくる場所に違う人が来たんだから。王子はどうしたのか？　何でお前が現れたのか？　ひょっとしたらアレクシスの転移結晶を奪って使ったのか、なんて怖い顔で尋問されたりもしたけど……少しして落ち着いたところで、なんと王様が直々にやってきたの。

で、王様に私は事の成り行きを話して……それを聞いた王様が、凄く怖い顔でこう言ったの。『君は戻ってこなかった。勇者パーティは魔境を越えたところで全滅したことにする』って。

最初は何でそんな酷いことを言うのかって怒鳴りつけそうになったけど、王様の悲しそうな顔を見たら、そんな気力もなくなっちゃったわ」

「そっか……まあ、うん。妥当な判断だろうな」

アレクシスのとった最後の行動は、奴の立場を考えれば完全な落第点だ。さっきティア自身も話していたが、勇者パーティで代えが利かないのはそれこそ勇者本人であるアレクシスだけで、他の仲間は金と時間をかければとりあえずはどうにかなる。そうすれば再結成された勇者パーティでもう一度の討伐に乗り出すことだってできただろう。

だが、アレクシスは自分の教示のために仲間を……ティアを助けた。それは世界の未来と仲間の命、あるいは自分の矜持を天秤にかけて後者を選んだということで、力を持つ者として絶対に選んではいけない選択。アレクシスにそれがわからなかったはずがない。

だというのに、アレクシスはそれを選んだ。己の命を犠牲にしてでも仲間を助けたいという想いを、一体どうして否定できるだろうか？　勇者として最低の、だが誰よりも勇者らしい行動を身を以て示したアレクシスを、単なる自己中の馬鹿だなんて俺には決して揶揄できない。

もっとも、そんな評価を下せるのは曲がりなりにも俺がアレクシスと一緒に旅をしていたからで、世間の評価はおそらく違う。英雄的な行動を称える者も勿論いるだろうが、大半は愚かな選択をしたアレクシスを非難し、そんなアレクシスによって助けられてしまったティアを正義と正論を振りかざして追い詰めていたことだろう。

ただでさえ強い自責の念に駆られていたはずの当時のティアが、ここぞとばかりに石を投げてくる奴らの悪意に触れたなら……ひょっとしたら自ら命を絶つことすらしていたかも知れない。

息子の最後の意思を尊重する……そんな思惑があったかどうかはわからねーが、少なくとも王様のその判断があったからこそ、ティアは何とか壊れることなくここにいるのだ。

「ん？　じゃあこんな辺鄙な場所に一人で住んでるのは……」

「そう。私の生還を世間から隠すため。特に私はエルフでしょ？　五年や一〇年じゃ容姿が全然変わらないから、完全に人の来ない場所に引き籠もることしかできなかったの。三回行われたっていう遠征軍にも参加できなかったし……」

「遠征軍？」

「あれ？　知らないの？　アレクシスを救出するために、ノートランドを中心とした連合国が三度魔境に軍勢を派遣してるのよ。

でも魔境は元々数を頼りに踏破できるような場所じゃない。でも勇者はもういないから、それ以外の方法がなくて……結局一度として遠征は成功せず、それどころかそこに戦力を消費しすぎたせいで各地での魔王軍との戦いも劣勢になって……それが今でしょ？　私ですら知ってるのに、何で普通に暮らしてたエドがそれを知らないのよ⁉」

「へ⁉　あ、いや、それは……あれだよ。遠くの国で名前を隠して暮らしてたって言ったろ？　そこはスゲー田舎の小さな村でさ。ぶっちゃけ村の中だけで生活のほぼ全てが完結してたから、外の情報は何にも入ってこなかったんだよ。まあだからこそ俺の情報も外に流れなかったわけだけど」

「そっか……確かにそこまで情報が隔離されてたなら、何も知らないのもエドが見つからなかったのも当然ね」

俺がでっちあげた適当な言い訳に、ティアが納得の表情で頷く。実際そういう閉鎖的な村というのはぼちぼちあるので、どうやらこれ以上疑われることはなさそうだ。

「じゃあ、エドは随分穏やかに暮らせていたのね……よかった。

ふぅ……ごめんねエド。長く話したから、ちょっと疲れちゃったみたい」

「あ、すまん。悪かったな、辛い話を強引に聞いちまって」

「それはいいわよ。私もエドになら話したかったし……というか、今更だけど貴方どうやってここに来たの？　世間の常識にはそこまで疎いのに、どうして世界に何人も知ってる人がいない私の居場所がわかったのかしら？」

「あ、ああ。それな。実は最近、人捜しのできる魔導具を手に入れたんだよ。で、ふと昔が懐かしくなってアレクシス達のことを捜したんだけど……アレクシスとゴンゾのオッサ

ンは反応がなくて……だから…………」

「そっか……それじゃやっぱり、アレクシス達は死んじゃってるのね……」

俺の言葉に、ティアの表情が沈む。

転移結晶で逃がされたということは、ティアはアレクシスやゴンゾの死んだところを直接見たわけじゃないはずだ。勿論頭では、そして常識ではとっくに二人が死んだことを理解していても、それでも救出……死体の回収が失敗している以上、決定的な証拠は今までなかったのだろう。

だが、ほぼ誰も知らないはずの自分の居場所を尋ねてきた俺が、他の二人の反応がなかったと言う。それはつまり、遂に二人の死が揺るがぬ事実として突きつけられてしまったということだ。

「…………ごめん」

「そんな顔しないで。エドは悪くない……ううん、むしろエドが来てくれたおかげでスッキリしたわ。ずっと認めたくなくて目を背けてたけど……やっぱり私は――」

グゥゥゥゥゥゥゥゥ……

何かを言いかけていたティアの言葉が、大きな腹の音で遮られた。途端にティアの顔が尖った耳の先っぽまでほんのり赤く染まっていく。

「あ、あはははは……違うのよ？　これはほら、きっと家の外でゴブリンがおならでもしたのよ！　まったくもう、まいっちゃうわね！」

「ははは、そうだな。それで？　何か食べたいものとかあるか？」

「ぐぅぅ、違うのに……って、エドが料理してくれるの？」

「おう。あの頃より料理の腕もあがってるし、日持ちする調味料とかも色々持ってるから、ありがちな料理なら大抵いけると思うぞ？」

　かつて勇者パーティで旅をしていたときは、当然俺が料理の担当だった。まあその時々でティアやゴンゾのオッサンが作ってくれることもあったが、七割方は俺だ。

　そしてその後の異世界旅でも、料理の腕というのは割と重宝されやすい。なので本職の料理人とは比べるべくもないにしても、実はそこそこ自信があったりする。

「うわぁ、懐かしいなぁ……あー、でも、どうしよう……」

「ん？　何だよ、今更遠慮なんかいらねーぜ？」

「そうじゃなくて。作ってくれるのは嬉しいんだけど、最近はあんまり食欲がなくて、しっかりした食事はちょっと辛いかなって……」

「え？　あんなに盛大に腹を鳴らしたくせに……痛い痛い！」

「むーっ！　エドの馬鹿！」

テーブルから身を乗り出したティアの拳が、ポコポコと俺の頭の上に降り注ぐ。突如として降りかかった理不尽な暴力の雨に耐えていると、すぐにティアが頬をプックリと膨らませつつ元の姿勢に戻った。

「まったくエドは！　そういうところはちっとも変わってないのね」

「へいへい、何年経ったって俺は俺さ。で、そうだな……重いものが食えないってことなら、スープとかシチューとか、そういうのにするか？　ガッツリした料理はまた元気が出たらってことで」

「いいの？」

「その『いいの？』が何にかかってるのか知らねーけど、ティアが迷惑じゃなきゃそんなにすぐ帰るつもりもねーから後でまた料理をするのは構わねーし、今軽めの料理を作るのも問題ない。

てか俺が言い出したんだから、本当に遠慮すんなって」

「そう？　なら……あ、そうだ！」

念を押す俺の言葉に、ティアがパッと表情を輝かせて顔の前で手を打ち合わす。

「シチュー！　前にエドが作ってくれたシチューが食べたいかも！　ほら、でっかい蛇の討伐依頼を受けたときに作ってくれた……」

「あー……ああ、あれか！　おう、いいぜ」

「やったー！　じゃ、お願いね」

「了解。ではお嬢様、しばしお待ちくださいませ」

「うむ！　よきにはからえー！」

　席を立ち恭しく一礼してみせる俺にティアが乗っかって偉そうに答え、そして二人で顔を見合わせ笑い合う。

　ふむ、実際の内心はともかく、少なくとも表面上はじゃれ合えるくらいには元気になったか……ならまあとりあえずは平気だろう。あとはその元気を後押しできるような美味しい料理を作ってやらなきゃな。

「えーっと、それじゃ材料を……」

「あ、棚の中と奥の食料庫においてあるものは、全部使ってもいいわよ」

「わかった！」

　調理場にて食材を調べていた俺は、背後から聞こえたティアの声に返事をしつつ棚の中を調べていく。お、バターとか小麦粉は普通にあるな。流石にミルクはねーけど、確かこの前買ったのがあったよな……うん、あった。

　俺はティアの家の棚に加え、虚空に開いた〈彷徨い人の宝物庫〉に手を突っ込み、必要

な材料を取りだしていく。本来なら追放スキルをおおっぴらに見せびらかすのはトラブルの元なので避けるところだが、今回に限ってはあまり隠す気はない。

というか、ぶっちゃけ隠しようがない。流石に腰の鞄から割れやすい瓶に入ったミルクを取り出すのは不自然すぎるからな。

「ね、ねえエド？　さっきからエドの手が消えてるっていうか、何もないところからミルクの瓶が出てきた気がするんだけど、これって私の気のせいかしら？」

「おいおいティア、何言ってんだ？　人の手は消えねーし、何もないところからミルクは出てこねーぞ？　そんなことになったら部屋中がミルクまみれになって、夏場とか地獄になっちまうだろ？」

「うぐっ⁉　確かに臭そう……ってそうじゃなくて！　どう見たってさっきからエドの手が出たり消えたりしてるし、そもそも追加食材がドンドン出てきてるじゃない！　私の家の食料庫に肉なんてなかったでしょ⁉」

「んー？　そりゃ勘違いしてたんじゃねーか？　ほら、割といい肉とか眠ってたぜ？」

「うわ、綺麗な赤身……違うわよ！　騙されないわ！　そんないい肉がこの辺で手に入るはずがないもの！」

「はっはっはっはっはー」

「エドーっ⁉」

ひっきりなしに聞こえてくる突っ込みの声を聞き流し、俺は料理に集中していく。追放前にちょっと多めに仕入れた食材ばっかりだから、鮮度の方は問題なし。魔力が必要だしそこまで量は入らねーけど、食材の鮮度を保てるマギストッカーは便利だわ。あんな後半じゃなくもっと前の世界で手に入れることができてたら、食糧事情も随分変わったんだろうなぁ。

あ、でも、燃料用の魔石の魔力が割と減ってるか？　俺のショボい魔力じゃ大してチャージできねーんだよなぁ。いっそティアに頼むか？　それとも……

ドッスーン！

「GYAOOOOOOOON!」

「ふぁっ⁉」

不意に家の外から、でかくて重い物が落ちてきたような振動が伝わってくる。そこから一瞬遅れて響くのは、甲高い獣の鳴き声。

「GYAOOOOOOOON!」

「おいおい、何が来たんだ？　って、ティア⁉」

俺が窓の外を覗くより早く、ティアが家から飛び出していく。俺も慌ててその後を追い

かけると、庭先には真っ赤な鱗で覆われた魔獣の王、ドラゴンの姿があった。

「ドラゴン⁉　何でこんなところに⁉」

ドラゴン……それはあらゆる魔獣の頂点に君臨する最強種だ。強靱な鱗と巨体から繰り出される圧倒的なパワーはそれだけでも攻守共に万全であり、それに加えて溢れる魔力のごり押しで空を飛んだりブレスを吐いたりもできるという、何ともインチキくさい存在である。

ただそんなドラゴンにも当然種類とか格の違いはあり、瞳に言語を介するような知性が見られない辺り、どうやら目の前にいるのは炎系統の下位種、レッサードラゴンという感じのやつだろう。結構な強敵ではあるが、勇者パーティならば倒せないというほどではなく……って、そうじゃねぇ！

「おいティア！　どうしてこんなところにドラゴンがいるんだよ⁉　こいつらがいるのは普通山の上だろ？」

下位種のドラゴンは、基本的に巣から出ない。そしてレッサードラゴンが巣を作るのは基本的に山の上だ。というのも下位種だけあって巨体から生じる熱を上手く制御できないらしく、気温の低い場所にいないと体に熱が籠もって自滅してしまうからである。

それがどうしてこんなジメジメした森の中にいるのか？　その理由が知りたくてティア

に声をかけたわけだが、当のティアは俺の質問とは全く違った答えを焦った様子で投げかけてくる。

「エド⁉　何で出てきたの⁉」

「何でって、そりゃこんな叫び声が聞こえれば――」

「GYAOOOOOOON!」

「話は後！　まずはこいつを何とかしないと！」

「ま、そりゃそうだな」

必死な形相のティアとは裏腹に、俺は極めて冷静にそう答える。確かにドラゴンは強敵ではあるが、古代種や上位種ならまだしも、今の俺ならレッサードラゴンなんて大した相手じゃない。俺はティアを庇うようにドラゴンの前に歩み出ると、腰の剣を引き抜いてからティアの方に軽く視線を向ける。

「んじゃティア、ここは俺が――」

「風を縒りて紡ぎしは緑を宿す銀月の刃、鈍の光を固めて落とすは三方六対精霊の羽！　集いて纏いて惑いて踊れ！　ルナリーティアの名の下に、顕現せよ、『トライエッジ・ストリーム』！」

「GYAOOO――……」

ゴトンッ

俺がいい感じの台詞を口にするより先に、ティアが詠唱した精霊魔法が生み出した風の刃が極太のドラゴンの首をあっさりと切り落とした。

「……え？　マジか？」

その威力に、俺は思わず目を丸くする。切られた首から血を噴き出し、土煙を上げて地面に倒れ伏すドラゴンの側に近づいて確認すると、間違いなく死んでいる。

「ハァ……ハァ……ハァ……」

「うっそだろ、一撃って！　スゲーなティア、俺がいなくなってからどんだけ強くなったんだよ！」

少なくとも俺の知っている頃のティアでは、いくら下位種とは言えドラゴンを瞬殺できるほどには強くなかった。流石に息は乱れているようだが、威力を考えればむしろ普通だろう。

「ハァ……ハァ……ハァ……」

「うわ、何だこの切り口!?　鱗も骨も筋肉も全部綺麗にスパッといくとか、どんだけの切れ味だよ……これ俺の追放スキルで防げるか？」

後半は小声で呟く。魔法攻撃である以上、理屈の上では〈吸魔の帳〉で完全無効化でき

るはずだが、ここまで切れると物理的な力がありそうな気がする。そうなると〈不落の城壁〉の出番となるわけだが……うーん、試したくはねーな。

「ハァ……ハァ……ハァ……」

「……ティア？」

せっかくの機会、せっかくの活躍だ。わざとらしいほどにはしゃいでみせる俺の前で、しかしティアの呼吸がいつまでも整わない。流石に心配になって近づいていくと、ユラユラと立っていたティアが突然そのまま倒れそうになった。

「うおっ⁉　ちょっ、大丈……………っ⁉」

支えたティアの体が、恐ろしいほどに軽い。基本的にエルフは痩身が多いし、そのなかでもティアはまあまあ小柄な方ではあるが……それでもこれは明らかにあり得ない軽さだ。

「おいティア、どういうことだ？　何でこんなに――」

「ハァ……ハァ……ごめんねエド、ちょっと張り切り過ぎちゃったみたい。ハァ……ハァ……うん、もう平気」

そう言ってティアが俺から離れ、自分の足で立つ。が、顔色は悪いままだし足下は未だふらついているしで、どう見たって平気じゃない。これならまだ二日酔いで苦しんでる中年冒険者の方がマシなくらいだ。

「いやいや、それで平気は無理だろ。どう見たってヘロヘロじゃねーか」

「むぅ。そんなこと言われたって、平気なものは平気なのよ！　久しぶりの戦闘だったし、エドの前だったからちょっと格好つけて気合いを入れすぎたっていうのはあるけど……」

「…………………」

「……わかったわ。なら食事の用意ができるまで、ちょっと部屋で休むわ。それならいいでしょ？」

「……ハァ。仕方ねーな。ちゃんと休めよ？」

「はーい。平気なのになぁ」

有無を言わさぬ俺の視線に、ティアがふてくされたように呟きながら家に入っていく。その足取りはやはりどこか頼りなく、俺の判断が間違っているとは思えない。

「……チッ、何やってんだ俺は」

ならばこそ、俺は何処にも持って行きようのない気持ちに苛立ってガリガリと頭をかきむしる。俺が倒せばティアをあんな状態にすることはなかったわけだが、それこそ事前に知っていなければ強引にドラゴンを瞬殺なんてしない。

誰が悪いというわけでもなく、強いて言うなら間が悪いとしか言い様のない状況はどうにも気に入らないが、かといってここで駄々をこねたところで何の意味もない。

「……よし、気持ちを切り替えて美味(うま)いもんを作るか。っと、その前にコイツは片付けとかねーとな」

パンパンと己の頬を叩いて気合いを入れ直すと、俺はとりあえず未だドクドクと血を流しながら目の前に放置されたドラゴンの死体を片付けることにした。幸いにして強者たるドラゴンの血なので弱い魔獣は恐れて逃げ出すだろうが、逆にこれに惹(ひ)かれてやってくるのは強い魔獣だけとなるので、こんなものを放置しておくことはできない。

下位種とは言え、レッサードラゴンの体は五メートルほどの大きさがある。死してなお鱗の頑強(がんきょう)さは失われないし、普通ならばこんなのを解体して処分するのは相当な手間がかかるが……

「よっと」

軽い気持ちで手をかざし、俺はドラゴンの全てを〈彷徨い人の宝物庫(ストレンジャーボックス)〉にしまい込む。ふふふ、流石は追放スキル。掃除(そうじ)だって楽勝だぜ……まあこのまま放置すると中で普通に腐(くさ)るから、一両日中には取りだして地道に処理しないと後で地獄を見るだろうけどな。

「この死体を処理できそうな場所は後でティアに聞くとして……ティア、ティアか……」

このドラゴンがどうしてここにやってきたのかも気になるが、それよりも気になるのはさっきのティアの様子だ。

ティアの放った精霊魔法は確かに強力だったが、それを加味してもあの消耗具合は尋常じゃなかった。一時的なめまいや倦怠感は短時間に膨大な魔力を消費したときの症状と同じであり、あれだけの力を使ったんだからむしろ当然と言えなくもないんだが……

(何か、何か違った気がするんだよな……?)

俺自身には魔法が使える程の魔力はないので細かいことはわからないわけだが、それでもさっきのティアの様子にはどうにも拭い去れない違和感のようなものを覚えた。

そして俺の直感が、その違和感を無視してはいけないと言っている。できれば追求したいところだが、ただでさえアレクシス達のことを聞き出して消耗している上、本人曰く久しぶりの戦闘で更なる消耗を重ねたティアに尋問めいた追求をするのはあまりに酷だ。

「なら、ここは少し本気を出すか」

ニヤリと悪い笑みを浮かべつつ、俺はシチューに入れる具材を変更していく。個人的には大きめの肉や野菜なんかがゴロゴロ入ってるのが好きなんだが、食欲がないってことならむしろ具材が全部ドロドロに溶け込んだ濃いスープみたいなシチューの方がいいだろう。

となれば決め手はやはりミルクだ。俺は当初使う予定だった普通のミルクをしまい込むと、不可思議な文字が刻まれた紙によって厳重に封印された金属缶を取り出す。その中身

はとある世界で手に入れた、一〇〇〇年生きる神牛の乳だ。

「フフフ、まさかコイツの封を切る時が来るとはな……もったいなくて一生使わねーと思ってたけど」

きっと自分のためならば、こいつを使うことはなかっただろう。が、ティアを元気づけるためなら惜しくはない。他にも不死鳥の肉……倒してるんだから不死鳥じゃねーだろという突っ込みは無視……やら妙に万病に効くという薬草やら、貴重すぎて使えなかった素材をこれでもかと投入していく。

何かこれ、不良在庫の一斉処分って感じだな……いや使ってるのはどれも一つで城が建つような貴重品ばっかりなわけだが。

「後は煮込むだけだな」

そうして準備した材料を、俺は周囲の空気を圧縮して短時間で味を染みこませることができるという不思議な鍋に突っ込んでいく。最後に各種調味料で味を調えてからじっくりコトコト煮込んでいけば……

「むはっ⁉」

できあがった白いシチューをひと匙口に含むと、その濃厚な味に思わず変な声が漏れる。

うむ、自分で作っておいてなんだが、こいつは美味い。喉を通り過ぎ胃に到達した熱が体

中に広がっていき、全身をポカポカと温めてくれるのが体感できる。

「こいつは完璧だぜ！　おーい、ティア！　出来たぞー！」

ご満悦で鍋の中身をかき回しつつティアの名を呼んでみたが、反応がない。

「ティア？　おーい、ティア？」

鍋を火から下ろしてから寝室の前まで行って扉をノックしてみるも、やっぱりティアの反応はない。

これはひょっとして、本格的に寝てるのか？　大分疲れてるみたいだったから、それならこのまま寝かしておくってのもアリだな。シチューなんて起きたら温め直せばいいんだし。でも……

「……ティア？　入るぞ？」

俺の頭の中に、どうしてもさっきのふらついたティアの姿がこびりついて離れない。大人しく寝ているならいいが、もし部屋の中で倒れていたりしたら……そんな予感が俺の手を動かし、返事のない扉を開いてしまう。

「何……だそりゃ……っ!?」

「え、何!?　きゃあ！　エドのえっち！」

俺の目の前には、着替え途中で下着一枚になっているティアの姿があった。そんなティ

アが恥ずかしそうに身をよじったが、俺はそれを一切考慮せずティアの方に歩み寄っていく。

「ちょっ、エド!? 何で部屋に入ってくるのよ！ そこは『ごめん！』って言って照れて出て行くところでしょ!?」

「…………………」

怒っているようなティアの言葉を無視して、俺はティアの両手を掴みその体をまじまじと見つめる。結婚どころか恋人ですらない相手にとる態度としては最悪であり、そのまま切られても文句を言えない暴挙だったが、そんなことは俺の頭から吹き飛んでいる。

「エド？ ねえ、怖いわ。お願いだから外に……」

「ティア、その体はどういうことだ？」

かつては憧れたこともある、若く美しいエルフの女性。そんな人の裸体を前に、俺は固く唇を噛み締める。

首から下、輝くばかりの白い肌だったものには深い皺が刻まれ、そこかしこにくすんだ染みがある。骨の浮き出た体は痩せ細っており、元から細かったであろう腕や足は今にも折れてしまいそうだ。

俺の記憶が間違っていなければ、今のティアは確か一二〇歳くらいのはず。三〇〇年の

寿命を持つエルフとしてはまだまだ若いはずのティアの体は、まるで死を間近に控えた老人のような体だった。

「何で、何でこんな……どうして……？」

意味がわからない。わけがわからない。あまりにも理不尽な現実に、俺の頭が理解することを拒否している。それでもなお変わらぬ事実に俺が愕然としていると、ティアが悲しげな顔で俺に話しかけてきた。

「あはは……エドに裸を見られるのは、これで二回目だね」

そう言って笑うティアの言葉に、俺は懐かしい過去を思い出す。だが少なくとも今は思い出に浸る時ではない。

「答えろ、ティア。これはどういうことだ？」

「わかった。説明するから……その前に着替えさせてくれない？」

「……ああ、そうだな。悪かった」

俺はざわめく心を何とか押さえつけ、謝罪の言葉と共に部屋を出ようとした。だがそんな俺の手をティアが掴んで繋ぎ止めてくる。

「ティア？」

「ごめん。何かもう、自分一人じゃ着替えるのも大変みたいで……悪いけど手伝ってくれ

ないかしら？」

「お、おう。わかった」

ティアに頼まれ、俺は彼女に服を着せていった。宝物でも扱うような俺の手つきにティアがくすぐったがったりしたが、俺は何とかあの上等なピンクのパジャマを着せていく。欲望など、感じるはずもない。俺の胸を一杯にするのは、泣きたくなるほどの切なさだけだ。

「ありがとエド。そうだ、せっかくだしベッドに寝かせてもらってもいい？」

「ああ、いいぜ」

無邪気に手を伸ばしてくるティアをお姫様抱っこで持ち上げる。その体重の軽さにまた泣きそうな気持ちになったが、それをグッと抑えて俺はベッドにティアを横たえ、布団をかける。

「フフフ、まさかエドにこんなことしてもらう日が来るなんてね。私達エルフにとっては一〇年なんてあっという間だけど、人間はすぐ大きくなっちゃうわ」

「ははは、まあな」

こうして見る限り、ティアの姿は昔と変わらない。何故さっきわざわざアレクシス達と旅をしていた頃の服を着ていたのかと思ったけれど、ひょっとしたら体の露出を最低限に

抑えられる服があれしかなかったんじゃないかと思い至る。

「それで、どうしてあんなことになってたんだ？　一体何があった？」

だからこそ、それを問わずにはいられない。あんなものを見せられて、何も知らずに、知らないふりで流すことなんてできない。

真剣な表情で問う俺に、ティアはどこか遠くを見るような目で静かにその口を開く。

「さっき話したでしょ？　荷物持ちの人に逃げられて、アレクシス達と必死に戦ったって」

「……ああ」

たとえ強がりだったとしても、一度は笑顔を取り戻した笑顔が曇るのを見て、俺は自然と低い声を出してしまう。そんな俺にティアはなぜだか苦笑すると、少しだけ表情を明るくして話を続ける。

「その時ね、私は精霊魔法の奥義を使ったの。エルフの間でしか伝えられず、エルフにしか使えない力。普段は絶対に使っちゃ駄目だって、むしろ間違っても使わないようにするために教えられるその力で、私はアレクシス達と戦った……」

「……つまり、その代償がその体ってことか？」

「そういうこと」

頷くティアの口調こそ軽いが、力の対価は圧倒的に重い。アレクシス達と戦ったのは五

年前だったはずだから、それからずっとこんな体で……うん？

「あれ？　でもティア、さっきは普通に一人で起きてきてたよな？　なのに今は俺が手伝わなきゃ着替えすらできないって……え、嘘だろ、まさか⁉」

　恐ろしい考えに思い至り、俺は呼吸をすることすら忘れてティアを見る。

　さっきティアは、突如襲来したドラゴンを究めて強力な魔法で葬り去った。そしてその直後から体調を崩し、一人で着替えることすらできないほど衰えている。その事実が表すところは、つまり……

「あはは……ばれちゃった？　そう、さっきもそれを使って、精霊魔法を強化したの」

「ふっざけんな！　てか、それって何だよ⁉　一体何を対価に払った⁉」

「うーん、言わないと駄目？　これ一応エルフだけの秘密なんだけど……」

「………………」

　言葉を濁すティアに、しかし俺は一切目をそらさない。すると根負けしたようにティアが軽くため息をつき、その口から聞きたくなかった事実が語られる。

「ふぅ……払った対価は、寿命よ。自分の命を魔力に混ぜることで、精霊魔法の力を爆発的に高めるの」

「っ……それ、使ったら回復は……」

「しないわよ、命だもの。だから生来の寿命が長いエルフにしか使えないの。普通の人間が何十年も努力してこれを使えるようになる頃には、混ぜられるほど命が残ってないから」

「そう、か………」

予想通りの最悪の答えに、俺は強く歯がみする。もしもティアが目の前にいなければ、きっと全力で壁に拳を叩きつけていたことだろう。

「何で、何でだ………」

「仕方ないじゃない。使わないで死んじゃうくらいなら、いっそ命を削ってでも状況の打開をって考えるのは、そんなに間違ってないと思うけど……」

「違う、そうじゃない！」

見当違いなティアの言葉を、俺は声を荒らげて遮る。

「そりゃ五年前はそうだったろうさ！　ほんの少しでも生き延びる可能性があるなら、寿命を削ってでもってのは俺でもわかる。そうじゃなくて……さっき！　何でさっき、ドラゴン程度にそんな力を使ったんだ⁉」

逃げ場のない戦場で敵に囲まれた状況ならわかる。それなら俺だって同じ選択をしただろう。

でも、さっきは違う。たかだかドラゴン一匹なんて、どうとでも――

「？　何言ってるの？　そうしなかったらエドが危なかったじゃない」

「……は？　俺？」

「そうよ。家の中にいてくれればともかく、エドったら外に出てきちゃうんだもの。一撃で倒さなかったらエドが死んじゃうって思ったから、そうしたの」

「死ぬ？　俺が？」

「そうよ？　そりゃエドだって一〇年もあればちょっとくらいは強くなってるでしょうけど、まさかドラゴンと戦えるほどじゃないでしょ？」

「あ、あぁ……あぁぁぁぁ…………」

不思議そうに首を傾げるティアに、俺はその場で膝から崩れ落ちる。

ああ、そうか。確かにそうだ。あの当時の俺が普通にこの世界で一〇年過ごしていたならば、確かにドラゴン相手に勝ち目なんてない。死ぬ気で修行し続ければそこそこ対抗はできるかも知れないが、今の俺の体は「白い世界」から出てきたばかりで、これっぽっちも鍛えられていない。この俺を見て「ドラゴンに勝てるほど強くなった」なんて誰も思わないだろう。

「………ごめん」

「何で謝るの？　私がエドを助けたかっただけなんだから、エドは何も悪くないでしょ？」

「違う。違うんだ……」

血を吐くようにして絞り出した俺の謝罪に、ティアはむしろ労るような声をかけてくれる。でも違う、そうじゃない。俺にそんな言葉をかけてもらう資格はない。

あんなドラゴン、簡単に倒せた。こうなるってわかってりゃ、家の前に着地すらさせなかった。

何やってんだ、何やってんだ！　余裕かまして適当な仕事して、ティアのこともドラゴンのことも、大事なものが何も見えちゃいなかった！

押しつぶされそうな後悔が、俺の目から溢れ出る。血が滲むほどに握りしめた拳は、今ならアダマントだって握りつぶせそうだ。

情けない、情けない。情けなすぎて俺は顔をあげられない。だというのに……そんな俺の顔を、必死に体を起こしたティアが抱きしめてくれる。

「もーっ、そんな顔しないの！　いいじゃない。こうして間に合ってくれただけで十分よ」

「間に、合った……？」

「ええ。私が生きている間に、エドと再会できた」

「っ…………」

ティアの声が、優しく俺の耳元に囁く。泣きそうな程にか細い心音は、しかし今もトク

ントクンとしっかり脈打っている。

「自分でわかるの。もうそろそろだなって。もうすぐアレクシス達の所に行くんだなって。それ自体は怖くないわ。生きていればいつかは死ぬ。それは当たり前のことだもの。ただ、気になることはあった。もし万が一アレクシス達が生きていて、今も私の助けを待っているとしたら……そう考えると大人しく死ぬこともできなくて、このパジャマで体の周囲に魔力を留めることで、ずっとずっと生きながらえてきたの」

「そっか……なら、そのパジャマを着てれば……？」

俺はティアの胸から顔を起こすと、縋るような声でそう問う。だが鼻が触れそうな位置にあるティアの顔は、ゆっくりとその首を横に振る。

「ううん、流石にもう無理。あの戦いで現状維持する魔力すらなくなっちゃったから。でもいいのよ。エドのおかげでアレクシス達が私を待ってるのが魔王の城じゃないってわかったし、最後にエドとお話もできて……これでもう、思い残すことなんて……」

「そんなこと言うなよ！　俺達まだ、再会したばっかりだろ！」

我が儘を言う子供のように叫ぶ俺に、ティアの手が優しく俺の頬を撫でる。

「フフッ。エドの我が儘なら聞いてあげたいけど、これぱっかりは——っ!?」

ドドドズゥゥウン！！！

ティアの言葉を遮るように、またも家の外から大きな音が響いてくる。その衝撃はさっきの比ではなく、俺は急いで外に出ようとして――

「待って！」

「ティア!?　何だよ？」

「私も行く」

「は!?　何言ってんだ、ティアはここで休んで――」

「連れていって」

ティアの指が、俺の服の裾を摘まんでいる。大して力など籠もっていないはずの指を、しかし俺は振りほどくことができない。

「お願い。一人で残されるのは……嫌」

「……わかった」

どんな宝石よりも優しくティアを抱き上げると、俺はそのまま家の外に出る。するとそこに立っていたのは、見上げるほどに巨大な金属の巨人。その威容にティアが悲壮な声をあげる。

「そんな、アダマントゴーレム……!?」

世界最硬の金属、アダマント。如何なる攻撃も寄せ付けないその黒紫の輝きは、単純に

硬くて重いという工夫の余地のない強さを秘めている。そんなものが歪な人型をとっているとなれば、先程のドラゴンなど鼻歌交じりで殴り殺せることだろう。

「坑道の魔力だまりでもあるまいし、天然のゴーレム⁉　さっきのドラゴンといい、何でこんなのがいるんだよ⁉」

「ごめんエド、多分私のせいだ」

立て続けに襲ってきた理不尽に俺が思わず叫んでしまうと、何故か腕の中のティアが申し訳なさそうな顔をする。

「少しでも長生きできるように、家の周りにも魔力を集める魔法陣を敷いてあるの。さっきのドラゴンはそれに惹かれてやってきたんだと思うし、このゴーレムは……ひょっとしたらその影響で生まれたのかも？」

「いやいや、おかしいだろ⁉　こんなのが寄ってくるんじゃ長生きどころか日常生活だって送れねーだろーが！」

「その辺は寝てれば平気だったんだけど……ほら、今日はエドが来てパジャマを脱いじゃったでしょ？　そこで消費されなくなった魔力が漏れちゃったんだと思う」

「あー、そういう……」

なるほど、イレギュラーな来客……つまり俺のせいで別の邪魔者も呼び寄せちまったっ

てことか。どんだけ疫病神なんだよ俺……正直ちょっとへこむぞ？

「ごめん、ごめんねエド。エドに会えたのが嬉しくて、こんな大事なことの対処を忘れちゃうなんて……大丈夫、後は私が何とかするから、エドは――」

「はっはっは、何言ってんだティア？」

悲壮な表情を浮かべるティアに、しかし俺は笑う。ああ、そうとも。俺が原因？　なら責任を取ればいい。そうできるだけの力を、俺はちゃんと持っている。

「この程度の敵、どうってことない」

さっきまでは知らなかったから、俺は何もできなかった。だが今は知っている。知っているなら……こんな敵、恐れるまでもない。

「エド⁉　私はもういいの！　だから無茶しないで！」

「無茶じゃねーって」

俺はティアをそっと地面に下ろし、その前に立つ。そんな俺の背にティアが声をかけてくるが、俺はもう振り返らない。

「言っても信じられねーだろ。だからそこで見ててくれ。これが俺の積み上げてきた時間……ティアと別れてから手に入れた、俺の力だ。

さあ、こいよ鉄屑！　俺がこの手で、お前をこの世界から追放してやる！」

ゴォォォォ！

不敵に笑う俺の体に、ティアの家の屋根より高い金属の巨人が拳を打ち下ろす。その圧倒的な力は地面に巨大な穴を穿ち、その中心にいるならばたとえドラゴンだろうと一撃でぺしゃんこになりそうなもんだが……

「どうした？　テメーの力はそんなもんか？」

穴の中心、体を半分ほど地面に埋められながらも、俺はかすり傷一つ負っていない。覚悟すらないただ重いだけの一撃なんて、〈不落の城壁〉の前ではそよ風発生装置みたいなもんだ。

「つっても、そのまま受け続けるのは間抜けすぎるよな……よっと」

ゴォォォォ！

穴から這い出した俺に、再びゴーレムの風を切り裂く巨拳が炸裂する。が、今度は無傷どころか、俺の体を小さく揺らすことすらできない。自分の数百倍、あるいは数千倍はあろうかという質量から繰り出される拳の乱打を、俺は涼しい顔で受け続ける。

「こんなチビを吹き飛ばせねーのが不思議か？　ならもう一個、理不尽を追加してやる！」

大ぶりの右ストレートをかいくぐり、俺はゴーレムの懐に入る。そのまま俺が殴りつけると、アダマントゴーレムの巨体が轟音を立ててその場にひっくり返った。

「はっはー！　自分が転ばされる気分はどうだ？」

これぞ追放スキル〈円環反響〉。自分の喰らった衝撃を蓄積し、そっくりそのまま相手に返すカウンター系のスキルだ。こいつを発動しておけばさっきみたいに衝撃そのものすら無効化できるので、防御にも使える優れものである。

クオオオォォォォォォ……………

「おっと、流石に起きてくるか」

空を見上げてお昼寝と洒落込んでいたはずのゴーレムが、金属の擦れ合う独特の音を立てながら立ち上がってくる。相当な衝撃で蹴っ飛ばしたはずなのだが、その胴体にはよく見ないとわからない程度の小さなへこみがついているのみ。

「硬いやつには打撃が効くってのが基本なんだが、流石に素手じゃそんなもんか。ま、わかってたけどな」

俺は別に格闘家というわけじゃない。相手が普通の生物ならまだしも、金属の塊であるゴーレムじゃ有効打にならないのはわかっていた。それでも殴ったのは万が一にも背後のティアに攻撃がいかないよう、ほんの少し時間を稼ぎたかったからだ。

ゴーレムが起き上がる動作をしている間に、俺は〈彷徨い人の宝物庫〉から白銀に輝く剣の柄を取り出す。

そう、柄だけだ。全てを切り裂く最強の刃は、今この場にて作り出す！

「いくぜ相棒！　血刀錬成（けつとうれんせい）！」

別に必要ではない技名を「気合いが入るから」という理由で叫びつつ、俺は拳をグッと握った左手を顔の高さで構え、右手に持った剣の柄を左手の手首に叩きつける。すると俺の手首に剣の柄の先端（せんたん）が刺（さ）さり、そこから俺の血が柄の中に吸い上げられていく。

そうしてから剣を構え直せば、剣の柄から真っ赤な刀身が急速に伸びる。鍛冶（かじ）の達人としてあらゆる武具を作り出せる追放スキル〈見様見真似の熟練工（マスタースミス）〉により、柄の中の俺の血を刃に錬成したのだ。

ちなみに、この柄もまた〈見様見真似の熟練工（マスタースミス）〉で作り上げた傑作（けっさく）だ。この柄を介することで、俺の血は最強の武器となる！

クオオオオォォォォォ…………！

「おっと、もう昼寝は終わりか。ならそっちも準備万端（ばんたん）ってことで、そろそろ決着をつけようぜ」

完全に立ち上がったアダマントゴーレムが、再び俺に殴りかかってくる。だがそこには怒（いか）りも工夫もなく、さっきと同じ動きだ。

何だよ、馬鹿の一つ覚えか？　まあ素体がこれだけ強いなら複雑な思考を宿すよりシン

プルに殴った方が強いのかも知れねーけど……それが通じるかは別の問題。

「フッ！」

強く短く息を吐き、俺はただまっすぐに剣を振り下ろす。その勢いで血の刀身という鞘が吹き飛ばされ、抜き放たれるのはこの世で最も薄い刃。

光すら透過するため目で見ることは敵わず、あまりの脆さにそよ風にすら耐えきれず、放っておいても瞬きほどの時間で自壊してしまうそれは……しかしその薄さ故に万物の隙間に入り、その全てを両断する！

さあ見ろ！　これが俺の歩んだ道！　単なる血の刃を全てを切り裂く「薄命の剣」へと昇華させる追放スキル〈見様見真似の熟練工〉と、一〇〇年異世界を渡り歩いて鍛え上げた剣の腕！　その二つが合わさるならば――

「万象一切、断てぬ物無し！」

ズズズゥゥウン！

殴りかかってきた拳ごと、アダマントゴーレムの巨体が真っ二つになって倒れ伏す。盛大な地響きと土埃が治まるのを待って確実に敵が死んでいることを確認すると、俺は再び柄だけとなった「薄命の剣」をひと振りしてから〈彷徨い人の宝物庫〉に戻した。

なお、切ったと同時に刀身は崩壊しているので、柄を振る意味は特にない。ま、その辺

は様式美ってやつだ。実際格好いいしな。

「ふぅ。終わったぞティア」

「…………………」

「ティア？」

呆けたような顔で俺を見ているティアに、俺は再度呼びかける。するとその目がまん丸に見開かれ、ようやくにして答えが返ってくる。

「エド……エドって、こんなに強かったの……⁉」

「まあな。あ、言っとくけど昔から強かったわけじゃねーぞ？　勇者パーティを追放されてから、改めて鍛えたんだよ」

「そっか、そうなんだ………ねえ、エド？」

「ん？　何だ？」

「そんなに強いなら、ひょっとして……………………ううん、何でもない」

「いやそれ一番気になるやつじゃん。何だよ？　俺にできることなら大抵のことはするぜ？　まあ流石に魔王を倒せとか言われたら無理だけど」

一〇〇もの異世界巡りで大分強くなった自覚はあるが、それでも俺は今まで一度として魔王と対峙したことはない。まあそんなところまで同行したら勇者パーティから追放され

なくなっちまうから、当然と言えば当然だが。

　そして俺は、自分が無敵だなんて思い上がるつもりもない。剣の腕こそ多少の自信はあるが、それ以外の俺の強さを支えているのは、神様からもらった追放スキルだ。

　簡単……ってわけでもねーけど、他人にもらっただけの力なんて、いつ何処で失われるかわからない。その辺の雑魚ならともかく魔王なんて世界に影響を与える相手と事を構えるにはあまりにも不確か過ぎて、よほどの事情がなければそんな相手と戦いたいとは思わない。

　とはいえ、今後ティアがのんびりと余生を過ごすのに魔王が邪魔だっていうことなら、どうにかする手段を考えるのも吝かではないわけだが……

「………私を、魔境の向こうに連れて行って欲しいの」

「魔境の向こう？　それって……」

「うん。アレクシス達と最後に別れた場所……そこに行きたいの」

「………………」

　意を決したティアの頼みに、俺は言葉を詰まらせる。「そんなところに行ってどうするんだ？」と聞きたいが、その答えは未来永劫聞きたくない。

「どう、かな？　あ、無理を言ってる自覚はあるから、駄目そうなら全然断ってくれてい

いんだからね？」

「駄目ってことはねーけど……」

「なら……あ、依頼（いらい）するならちゃんと報酬（ほうしゅう）も出さなきゃよね。えーっと……そうだ、私が今着てるこのパジャマとかどう？　これ結構な高級品だから、売れば金貨二〇枚くらいにはなると思うけど」

「いらねーよそんなの！　てかそんなことで悩（なや）んでるわけじゃねーし！」

周囲の魔力（まりょく）を自動で収束して生命維持に使えるとなると、確かにティアのパジャマは金になるだろう。が、仲間……ましてや女性の脱ぎたての服をもらうとか、どう扱っていいかわからない。

いや、売ればいいんだろうけど、事実上形見みたいなものを売る気なんてねーし、かといって〈彷徨い人の宝物庫（ストレンジャーボックス）〉にずっとしまっておくのも何か違うし……うん、想像の段階ですら持て余す物なんて本気でいらん。

「ぶー、酷（ひど）い！　今の私の唯一（ゆいいつ）の財産なのに……じゃあ、駄目？」

うるうると潤（うる）んだ瞳（ひとみ）で、ティアが上目遣（うわめづか）いに俺を見つめてくる。そんな顔をされちまった時点で、俺の答えはもう決まったようなもんだ。

「…………はぁぁぁぁぁぁぁぁ。わかった」

　しばし俺達は見つめ合い、深い深いため息を吐いて俺の方が折れた。まあティアのこれからを考えれば受ける以外の選択肢は最初からなかったわけだが、それでも言うべきことは言っておかなければならない。

「ただし、俺の言うことは絶対に聞けよ？　あと無理だと思ったら、途中からでも引き返すからな？」

「やったー！　ありがとうエド！」

　花が咲くような笑みを浮かべて、ティアが言う。だがもうそのまま立ち上がって、俺に飛びついてきたりはしない。その事実から俺は必死に目をそらし、旅に必要なものを頭の中で思い描いては〈彷徨い人の宝物庫〉の中身と照らし合わせていく。

（万が一を想定しても、水も食料も十分だな。ならすぐにでも旅立てるけど……）

「なあティア、一晩休んでから出かけるのと、今すぐ出るのとどっちがいい？」

「うーん、それなら今すぐ、かな？」

「………了解」

　どうしてそっちを選んだのかは聞かない。俺がすべきことはティアに残された時間を少しでもティアの望むとおりに使えるように手を貸すことだけだ。

「じゃ、さっさと行くか。背中に乗っていただいてよろしいですか、お嬢様？」

「勿論(もちろん)！　あ、今ならちょっとくらいお尻(しり)に触(さわ)ってもいいわよ？」

「触んねーよ！　馬鹿言ってねーでこれに乗れ！」

「はーい」

　俺が〈彷徨い人の宝物庫(ストレンジャーボックス)〉から取りだした背負子(しょいこ)にティアが乗ると、それをしっかり紐(ひも)で固定してから改めて俺が背負う。どっかの世界で病人を運ぶのに使ったもんだが、まさかまた使う日が来るとは思わなかった。何が役に立つかわかんねーもんだ。

「んじゃ行くぞ？」

「うん」

　俺の言葉に返事をしたティアが、ふと自分の家の方に顔を向ける。

「……行ってきます」

　その一言にどれほどの想(おも)いが籠もっているのか、俺には知る由もない。ただ俺も今日までティアを守ってくれた家に軽く頭を下げると、もう振り返ることなく一直線に魔境へと走り出した。


「わーい、楽ちん！」

「はは、そいつはよかった」

凶悪な魔獣がはびこる魔境を、俺はティアを背負って駆け抜けていく。昼でも危険なここを夜に走るなんざ正気の沙汰じゃないが、今の俺にとって本当に脅威なのは牙を剥きだして襲ってくる魔獣なんかじゃなく、足止めすら許されない時の流れそのものだ。

「邪魔だ、どけ！」

「ギャウン⁉」

進行方向にいた魔獣の鼻先を、俺は普通の剣で軽く切り裂く。悲鳴を上げて飛び退いた魔獣が俺の方を睨んでくるが、残念ながらその時には既に遠くに離れている。

「うわー、すっごい睨んでる」

「まあ、向こうからすりゃいきなり切りつけられたうえに、次の瞬間にはもういなくなってるわけだからな」

背負子に固定している関係上、ティアの顔は俺と反対を向いており、そのせいで通り過ぎる時の恨みがましい魔獣の顔が見えるからだろう。微妙に同情するようなその言葉に、しかし俺は苦笑しながらも足を動かし続ける。

戦闘は必要最低限。とにかく前に進み続けるために通行の妨げになる魔獣にだけ一撃入れて離脱を繰り返しながら進んでいくと、不意にティアがぽつりと声を漏らした。

「何だか不思議な気分。前に来たときは、夜の魔境は押し潰されそうな重圧を耐えてひっそりと息を潜める場所だったのに……まさかこんなに堂々と走り抜けられるなんて。はー、エドってば本当に凄くなっちゃったのね」

「フッフッフ、まあな」

まだ一日経っていないので〈不可知の鏡面〉は使えない……というか、あれは俺自身と所持品にしか効果がないので、ティアを背負ってるとそもそも使えないわけだが……にしても、追放スキル〈追い風の足〉の移動速度は圧倒的だ。

まあいくら速く走れても、夜の森をこんな速度で移動したら普通なら迷いまくるところだが、そこは同じく追放スキル〈失せ物狂いの羅針盤〉がある。そいつを手に浮かべて方向をチェックしながら移動すれば、目的地を見失うことはあり得ない。

要は常に最短距離を高速移動し続けているということなのだが……

「なあティア。魔境って広くねーか？」

「何、突然？　そりゃ広いわよ。だから私達だって抜けるのにすっごく苦労したし、国の軍隊じゃなくて勇者パーティが魔王城に攻め込むんだもの」

「……まあ、そうか」

当初俺が想像していたよりも、実際に走る魔境は一〇倍くらい広い気がする。どれだけ

移動しても〈旅の足跡〉に表示されるのが森ばっかりというのがその証拠だ。森を切り開き道を作って、湯水の如く予算をつぎ込み何百年って計画だな。

なるほど確かに、ここを軍隊で抜けるのはどうやったって無理だろう。

そして少数精鋭の勇者パーティであっても、そう簡単に抜けられるとは思えない。出遭う魔獣の強さを鑑みれば戦闘職が荷物を持つなんて論外で、専業の荷物持ちがいなかったら半分どころか三割進むのすら不可能に思える。

「………………」

ふと、俺の頭に逃げ出したという荷物持ちの男のことが浮かんでくる。ここを突破したっていうなら、そいつだってとんでもない苦労をしたはずだ。おそらくは俺と同じか、あるいはもっと長い期間アレクシス達と共に旅をして、苦労を重ねて信頼を結び合い、そして遂に魔境を突破して……それだけの経験があってすら、人は心が折れれば仲間を見捨てるなんて選択肢がとれるもんなんだろうか？

「へっ」

俺の口から知らず自嘲の笑みが漏れる。自分の目的の為にいつだって仲間を見捨て、見捨てられてきた俺が他人をどうこう言うなんて、烏滸がましいにも程があるだろ。

「？　どうしたのエド？」

って思ってさ」

「ん？　ああ、そのティア達を見捨てて逃げた荷物持ちってのが、その後どうなったのか

「あの人？　うーん、どうなんだろ？　私はすぐにこっちに引きこもっちゃったから、あんまり詳しいことはわからないけど……多分捕まったりしたんじゃない？　エドと同じでそれなりに一緒に旅をしたんだから、顔と名前は知られてるわけだし」

「あー、そりゃそうだな」

大国であるノートランドの王が真実を知っているのだから、勇者であり自分の息子を見捨てた相手を見逃しているはずもない。勇者パーティの持ち物じゃ下手に換金もできねーだろうし、逃げて逃げて逃げ尽くして、最後には……ってところか。

「あ、見てエド！　多分もうすぐ魔境を抜けるわよ！」

胸の奥に燻る苦い想いを噛み締めていると、ティアがそう言って体をもぞもぞと動かす。

「何で後ろ向きなのにそんなことがわかるんだ？」

「そこはほら、木の根っこの張り出し具合とか、そういうのよ」

「そんなのでわかるのか⁉　エルフスゲーな」

木の密度とか植生ならまだしも、根っこの張り出し具合なんて言われても俺には全くわからん。なので話半分くらいの気持ちで進み続けると、程なくして明らかに木の密度が下

がり、空気が変わっていく。そして――

「抜けた……………」

夜を徹して走り続けること、おおよそ一〇時間。遂に俺の目の前から木が消え、そこに広がっていたのは広大な草原だった。

「ここでいいはずだけど……ティア？」

「…………降ろして」

「ああ」

背負子から降ろすと、ティアはきちんと自分の足で立ち、フラフラと草原を歩く。確かめるように周囲を見回し、やがて近くにあった俺の腰ほどの高さの岩の方に近づいていく。

「ここ……ここよ。ここで私に、アレクシスが転移結晶をくれたの」

「じゃあ……」

「うん……………戻ってきた。みんな、私やっと戻ってきたよ……………………」

ぺたんとその場に座り込み、声を震わせながらティアが岩に身を委ねる。仲間を見捨てて強制転移させせられた場所に、彼女は今ようやく辿り着いたのだ。

「アレクシス、ゴンゾ……わかる？　エドが、私達が追い出しちゃったエドが、私をここまで連れてきてくれたんだよ？　エドったら信じられないくらい強くなったの。今ならア

レクシスだって負けちゃうかもね……フフッ」

そのままごろんと体を回すと、岩に背をもたれかからせたティアが空を見上げる。釣られて俺も見上げれば、瞬く星の裾野からは赤い光が昇り始めている。

「……ねえ、エド。覚えてる？　私が……私達が貴方を追放したときのこと」

「そりゃ覚えてるさ。あんな酷い言いがかりをつけられりゃーな」

ティアの言葉に、俺は苦笑して肩をすくめて見せる。俺が勇者パーティを追い出されたきっかけは、ティアの着替えを覗いたことだからだ。

といっても、勿論わざとじゃない。ティアに呼ばれて天幕に行ったら何故かティアが着替えていて、俺が何かを言う前に大声で悲鳴をあげられたのだ。

そうなれば当然アレクシス達が駆けつけてくるわけで、そこでティアが「着替えを覗くような人とは一緒にいられない」と強硬に二人に訴えた結果、俺は勇者パーティから追放されることになったんだ。

「……あの頃、私はずっと思ってたの。これからドンドン敵が強くなって、戦闘が厳しくなったら、私達にはもうエドが守れないんじゃないかって。

だから追い出したの。わざと着替えを覗かせて、アレクシスに訴えた……そうしなかったら、エドが死んじゃうって思ったから。

おかしいわよね。エドがいなくなれば別の荷物持ちの人が必要なことはわかってたし、その人のことだって守りながら戦うのはエドと同じはずなのに……どうしてかしら？　きっとエドがそのくらい頼りなく見えたからね」

「おいおい……ま、何も言い返せねーけどよ」

ティアの言葉に、俺は微妙に情けない顔をして答える。確かに当時の俺はそんな心配をされて当然なくらい弱くて、旅の後半では数え切れないほど命の危機を感じていた。追放されるまで生き延びていられたのは、偏に運が良かったからだと自分でも思う。

「でも、それは間違いだった。私が守っていたエドは、私を守ってくれるくらいに強くなった。私が余計なことをしなかったら……この光景を、私達はみんな揃って見ることができたのかな？　魔王を倒して平和になった世界で、みんなで……」

「いや、それは――」

違う。俺の強さは世界を追放されるごとに貰った追放スキルと、常に若い体のままで一〇〇年も努力する時間を与えられたからだ。追放されることなく旅を続けた俺が今の俺に並ぶことは絶対にない。

「エド」

「……何だよ」

「ありがとう。貴方のおかげで、こうしてまたみんなで集まれた。そして、ごめんね。私達はまた、貴方をおいていかなきゃいけないみたい」

「…………」

「私を……私の魂をここまで運んでくれて、ありがとう。貴方は本当に……最高の荷物持ちだったわ…………――」

　最後に小さく微笑んで、ティアの瞼がゆっくりと落ちていく。昇る朝日と対照的にその目が閉じられれば、それこそがこの世界における俺の冒険の本当の終わり。俺が追放された後の、知るはずのなかった終焉の物語。

　これでもう、俺にできることは何も無い。かつての仲間に対する義理は果たしたのだから、後は鍵を使ってあの「白い世界」に戻り、そこから更に自分の世界に……本来俺がいるべき場所に帰るだけだ。

一〇〇年ぶりの再会に、俺はどんな顔をすればいいだろうか？　向こうの時間は経過してないみたいだから、あの場所からとって返して……精々数十分？　何か忘れ物でもしたのかって呆れた顔をされそうだ。

　そう言えば、この追放スキルって向こうに帰っても使えんのかな？　もしそうならこれからは金だって稼ぎ放題だ。親父には立派な弓を、母さんには服でも買うか？　馬鹿の夕

ルホが金の匂いを嗅ぎつけてくるだろうから、そしたら美味い酒の一杯も奢ってやろう。

ああ、そうだ。今の俺が帰れば何でもできる。強い魔獣を倒して名をあげれば、騎士として士官どころか貴族になってなれるかも知れない。追放スキルがあれば領地経営だっていけるだろう。そうすりゃいずれは男の夢、一国一城の主にだって…………

「ハァ……なあ神様、これもあんたの計算のうちか？　こうなるって予測してあんなスキルをくれたのか？」

かつては黄金に輝いていた夢。俺の口から飛び出たそれらは、どれもこれも黄銅よりも色あせて薄っぺらい。そんな風になっちまったのは、もっと欲しい物が見つかったからだ。

「まあいいさ、乗ってやるよ。あんたの手のひらの上で、穴が空くまで踊ってやる　だから――」

まだ温もりの残るティアの手を掴みながら、俺は空に向かって拳を突き上げる。そうして俺が使うのは、一〇〇番目の世界を追放されて手に入れた最後の追放スキル。天に座したる根幹たる力に意思を届け、その形までは保証できずともどんな願いも概ね叶えてくれるという何ともふざけたそのスキルの名は――

「全部持ってけ！　〈たった一度の請求権〉！」

天高く掲げた右の拳から、眩いばかりの光が立ち上る。それは雲を破り世界を越え、何

故か懐かしさを覚える何かとの繋がりを感じた瞬間、俺の意識は真っ暗闇へと沈んでいった。

＊＊＊＊＊

「…………ん？」

俺の目の前に、突如として広がる真っ白な世界。その光景に見覚えなどあるはずもなく、俺は間抜け顔を晒しながら慌てて周囲を見回す。

「へ⁉ え、何⁉ 何だここ⁉ あ、お、うぇぇ⁉」

明らかに挙動不審だが、幸か不幸かこの場には俺以外の人間は存在しない。というか、何もない。右を見ても左を見てもただひたすらに真っ白であり、何なら上も下も全部白い。かろうじて天井が他よりほんのり明るいのと、足下にしっかりした硬い感触があることで自分が床の上に立っているのが確認できるが、もしそれがなかったら割と本気で恐怖でその辺を転げ回っていたことだろう。

いや、本当に何だここ？ 何で俺はこんなところに？ 寝てる間に攫われたとか？ それともまさか、死んで……っ⁉

「いやいやいやいや、待て待て待て。こういうときには落ち着くのが大切なんだよ。とにかく落ち着いて、まずは状況を整理しよう」

溢れんばかりの動揺を強引にねじ込めると、俺はここに来る直前の記憶を探っていく。

本日の俺の仕事は、畑を荒らす害獣である爪モグラの退治だった。午前中で無事に仕事を片付けると、ちょっと早めの昼食を取ってから巣を潰すべく近くの森に入った。それから…………

「そこまで、だな」

森に入ったところまでは覚えているが、そこから先の記憶はない。つまりそこで何らかのトラブルに巻き込まれた結果がこの白い空間なんだろうが、覚えてない以上原因どころか手掛かりすら、これっぽっちも存在しない。

「まさか転移罠でもあったのか？　でも古代遺跡ならともかく、何度も行ったことがある普通の森だしなぁ」

とりあえず体を動かしてみるも、特に痛かったりはしない。飯を食ったばっかりで腹も減っていないし、普通に動き回る分には当面問題はなさそうだ……まあそれ以外には問題しか存在しないわけだが。

「え、これどうすんだ……？」

ここまで何もない場所となると、何かを探すとか何処かに行くとか、そういう当たり前の選択肢が全て潰されてしまっている。一応歩くことはできるが、ここを歩き進んで何かありそうな気配が一切ない。というか、何なら進んでいるかどうかすらわからなくなりそうだ。

「すみませーん！　誰かいませんかー？」

訳の分からないところに来たら、とりあえず声を出してみる。その結果攻撃されたりすることもあるが、何か反応してくれさえすればこっちとしても動きようがある。

「すみませーん！　何か気づいたらここにいたんですけどー」

ゴトッ

「うおっ⁉　何だこりゃ？」

大声で呼びかける俺の背後で、突然何かが落ちてくる音がした。ビクッと体を震わせてから振り向いてみると、目の前に白いテーブルが出現している。

「は？　嘘だろ⁉　さっきまで何もなかったじゃん！」

あまりの理不尽具合に、俺は思わず突っ込みをいれる。すると今度は目の前で空から白い本が降ってきて、テーブルの上にドサッと落ちた。

「えぇ、そういう感じなの？　何だよオイ……」

事ここに至って、どうやらこれはうっかり罠を踏んだとかじゃなく、自分には及びもつかないような何かに弄ばれている感じがひしひしと伝わってくる。うむ、実によくない流れだが……かといってどうしようもないのが更によくない。

「……まあ、読んでみるしかねーよな」

もしこれが道ばたに落ちているだけだったら、読まずに素通りするという手もあるだろう。が、こんな訳の分からん場所に事実上閉じ込められた？　感じになっているとなれば、読まなければ何も始まらない。あるいは中身が真っ白だったりしたら「ふざけんな！」と怒鳴って床に叩きつけるという手もあるが……

「おぉう、ここだけ普通かよ」

開いた本のページには、普通に黒いインクで俺の読める文字が書いてあった。それによると、どうやら俺は元の世界を「追放」されたらしい。

ただし誰が何の目的で俺を追放したのかは一切書かれておらず、元の世界に戻るにはここから繋がる一〇〇の異世界を巡ってそれぞれの世界の勇者パーティに加入し、一定条件を満たしたうえで「追放」されればいい……？

「え、何これ頭おかしい」

思わずそう口走ってしまうほど意味不明な内容に、俺は二度三度と本を読み返す。だが

書かれている内容は当然ながら同じであり、どれだけ読み返してもこの意味不明な条件が変わることはない。

いや、本気で意味がわからん。てか何で俺は元の世界から追放されたんだ？　単なる雑傭兵が爪モグラの退治をするのが世界から追い出されるようなことなのか？

あるいは俺をここに飛ばしたのが爪モグラの神だって言うなら……いやねーだろ。毎日どんだけ退治されてると思ってんだよ爪モグラ。

「はぁ………………って、今度は何だよ⁉」

考えたところでわからないものはわからない。ため息をついて一瞬俺の視線が外れた隙に、今度は真っ白な壁が突如として出現した。横一メートル縦二メートルほどのそれには扉が付いており、そこには「〇〇一」と書かれたプレートがかかっている。

「壁に、扉……？」

横に回ってみると、壁の厚さは一〇センチほど。どう考えてもそのままバタンと倒れそうだが、軽く手を添えて力を込めてみてもびくともしない。また裏側は普通の壁面となっており、扉はない。つまり正面の扉を開くと、その向こうにあるのはこの壁ということだ

……普通に考えれば。

「……まあ、今更だよな」

こんな不可思議空間で、今更普通を語るなんて馬鹿らしい。ならばさっさと行ってやることを済ませてしまおう……と思ったところで、俺はさっきの本に書いてあった文章の続きを思い出してテーブルの方に視線を向ける。するとそこには今度もまた見覚えのない水晶玉が出現していた。

「あれに触ると、これからの異世界生活に役立つ便利な力がもらえるんだったか？」

ここにきてようやく俺に対してメリットのある出来事に、だからこそ逆に不安になる。その力とやらを受け取ったら、今度はどんな代償を要求されるのか？　想像するだけで恐ろしいが、かといってこれもまた受け取らないという選択肢がない。

何故なら俺は、ただの雑傭兵。見ず知らずの異世界で生活するってだけならまだしも、勇者パーティなんてのに加入するのは特別な力無しじゃどう考えても不可能だ。

「ぬぅ、せめて痛くなきゃ、まあ………お？」

戦々恐々としながら水晶玉に手を乗せると、そこに宿った淡い光が、触れた手を通して俺の中に流れ込んでくるのがわかる。軽い熱病にでもかかったかのように頭がぼーっとし、それと同時に浮かんできたのはたった今手に入れた力の名前と使い方だ。

「意識せずとも勝手に発動し、勇者と出会って仲間になるために必要なハプニングと遭遇させてくれる能力……〈偶然という必然〉ねぇ。こりゃ確かに有用だわ」

世界に選ばれ魔王を倒す唯一の存在が勇者らしいが、そんな大層な人物ともなれば仲間になりたい奴は幾らでもいるだろうし、だからこそ簡単に仲間になれるはずがない。勿論勇者パーティに加入した後は俺の頑張り次第なんだろうが、一番大変なとっかかりをどうにかしてくれるっていうなら、確かに俺でもやれそうな気がする。

「何だよ、いいもんくれるじゃねーか！　ちょっとだけ見直し……いや、違うって！」

これはあれだ。極悪非道の盗賊が雨に濡れた子狼に餌をやると、「何だよコイツ、根はいい奴じゃねーか」と勘違いさせられるあれだ。騙されるな俺、こんなところに人を拉致してる時点でまともな相手じゃ……いやでも、実は俺の拉致とこの力をくれてる相手は別で、こっちは純粋に俺を助けてくれてる可能性もある、のか？

「とりあえずこの力に関してだけは信じてもいいのかもな……ん？」

と、そこで俺は水晶玉のなかに微妙な違和感を覚える。注視してよく見てみれば、その中心にはまだ淡い光が残っている。

「ほほぅ？　なるほど、そういうのもアリなわけか。じゃ、これに気づいた奴だけがもらえる追加報酬は何が……がっ⁉」

残っている力もいただいておこうと思った瞬間、さっきとは比較にならないような莫大

な力が一気に俺の中に流れ込んできた。

「ぐぁぁぁぁぁぁぁ⁉」

痛い⁉　痛い！　熱い！　苦しい！　血が燃えていると錯覚するような熱が全身を駆け巡り、頭が内側からこじ開けられているように痛い！　その苦痛は人の耐えられるものではなく、俺の正気が一瞬で失われる。

「がぁぁぁぁぁぁぁぁ！！！」

獣のような叫び声。知性も理性も失い、ただ苦痛だけで満たされた俺は、白い地面の上を芋虫のように転げ回る。失われたはずの正気はしかし狂気となって帰還し、強すぎる激痛は意識を失うことすら許さない。

「あっ……カッ……クハッ………」

裂けた喉から血が溢れ、口元からダラダラとしたたり落ちる。今にも飛び出しそうな目は破裂していないのが不思議なくらいで、俺の意思では毛一本ほども動かせない体は、ビクビクと痙攣して勝手に反り返っていく。

一秒が永遠に感じられるほどの、終わりのない苦痛。それに合わせて俺の中に押し込まれてくるのは、平凡な雑傭兵として二〇年ほどの人生しか生きていない俺が経験しているはずのない、だが確かに俺が生きた一〇〇年以上の記憶の群れ。

「っ…………ぁ………………………」

見ず知らずの世界で、俺は誰かと旅をして……そしてそいつに追い出され、ここに戻ってくる。それを一つ繰り返す度に俺の頭が破裂しそうなほどに痛み、同時に俺の知らない力が増えていく。

三つ、四つ、一〇、二〇……巡った世界はドンドン増えていき、痛みは増し魂が悲鳴をあげる。五〇を越え、七〇を越え……我慢の限界なんてとっくに超えているのに、それでも俺は力の奔流を受け入れ続ける。

「ぐっ、うっ……うううううううう………………………！！」

何でだ？　何で俺はここまで頑張ってるんだ？　砕けんばかりに歯を食いしばり、肉に食い込むほど拳を握りしめ、どうしてこんな……今の俺には分不相応な力に耐えてるんだ？

わからない。見当も付かない。今すぐにでも投げ出したいのに……一番最初に俺の中に入ってきた記憶が、俺の顔で笑うのだ。会ったこともない美少女を侍らせる「いいご身分」の俺が、泣きそうな笑顔で叫ぶのだ。

『諦めるな。そうすりゃ過去だって変えられる』

「くっ……そっ…………がぁぁぁぁぁぁぁぁぁ！！！！！」

世界全てに響(ひび)けとばかりに、俺は最後に大声で叫んだ。それと同時に俺の魂は焼き切れて……そこに俺が還(かえ)ってくる。

「ハァ、ハァ、ハァ…………へ、へへへ、へへへへへ…………」

全ての力を使い果たした俺の体は、指一本すら動かない。だが俺の口からは、自然と笑い声が溢れてくる。

最後に俺の頭に浮かんだのは、〈たった一度の請求権(アンリミテッド)〉の消失と引き換(か)えに手に入れた新たな追放スキルの名前。〈二周目の祝福(ワンモアゲーム)〉……それは未来の俺から全ての記憶と能力を引(ひ)き継(つ)ぐことのできる、神さえ欺(あざむ)く最高の追放スキル(チート)。

本来怪我(けが)をすることのできないこの空間でダバダバ血を吐くほどに規格外のいかさまであり、流石(さすが)にこれをもう一回やったら元になる俺の魂が完璧(かんぺき)に砕け散ってただ死ぬだけで終わりそう、というか今回だって相当ヤバかったはずだが……

「……賭(か)けは俺の勝ちだ」

それでも、俺はやり遂(と)げた。そして今からやり直す。どうしようもなかった過去を、俺が望む未来に変えるために！

「スゥ…………ハァァ…………よし」

大きく深呼吸をしてから、俺は気合いで立ち上がる。あれほどボロボロだった体も、俺

がこの「白い世界」のことを認識した瞬間に元の状態に戻っている。実に不可解かつ気持ち悪い仕様だが、今この瞬間だけみればありがたい。何せここでは追放スキルは使えないから、怪我を治したりできねーしな。

「…………」

ここの床には埃の一粒だって存在しないが、それでも俺は何となくパンパンと服を払って気分を変える。そうしてから壁の方に視線を向ければ、あれだけ長かった壁が今では扉一つ分しかない。

そしてそこにあるのはまだ開けられていない「〇〇一」の扉……ティア達のいる世界。

さっきの感じからして、どう考えても三度目はない。つまりこれが最初で最後のやり直し。だがそれでいい。何度もやり直せるなんて温い条件になったら、きっと俺は一生ここから進めなくなる。最高は常に理想の果てであり、見切りは妥協として永遠に俺を縛る枷になるのだから。

「二度とないから奇跡が起きた。泣いても笑ってもこれで終わりって言うなら、全員笑える結末を目指さないのは嘘だよなぁ？」

今の俺なら、きっとできる。あの糞みたいな結末を、アホ面下げて全員で乾杯する未来に変えられる。

「さあ、二周目の始まりだ！　最強の力で無双して……いい具合に追放されてやるぜ！」

ニヤリと笑って扉を開くと、俺は躊躇うことなく懐かしい世界に初めて足を踏み入れるのだった。

第二章　二度目のはじまり

「おぉぉ…………」

扉をくぐった先に広がっていたのは、初見でありながら懐かしく、それでいてつい最近見たという何とも不思議な光景だった。三回目ともなると感動も薄れるかと思ったが、むしろ逆に感慨深さが増している気がする。

「はぁー……っと、気を抜く前にまずはやることをやっておかねーとな」

この辺に脅威を感じる魔獣など生息しているはずもないが、それとは別に自分の調子を確かめておくのは極めて重要だ。俺は軽く腕や足を動かして体の調子を確認してから、次いで肝心要の追放スキルを確認していく。

「はは、この流れも二回目か。〈不落の城壁〉に〈吸魔の帳〉……防御系は問題なさそうだな。なら次は……うげっ⁉」

俺の視界の片隅に浮かんだ半透明の地図を見て、俺は思わず呻くような声をあげてしまう。かつては完璧に表示されていたこの周囲の地図が、どういうわけか真っ白になってし

まっていたのだ。

「これはひょっとして、能力そのものは引き継いでるけどそこに入ってた情報とかまでは引き継げなかったってことか？　まあもう一回旅しなきゃなんだから、行ってない場所がわかりやすいと考えりゃこれはこれで……いや違う⁉」

　極めて恐ろしい可能性に気づき、俺は即座に〈彷徨い人の宝物庫〉を発動する。空に浮かんだ黒い穴に手を突っ込んでかき回してみるも、俺の手はただスカスカと空気しか掴めない。

「のぉぉぉぉ⁉　うっそだろオイ⁉」

　一〇〇年かけて俺が溜めたお宝の数々が、綺麗さっぱりなくなっている。その事実に俺はその場でガックリと膝を突いて崩れ落ちる。

「あはははは……そうか、そうだよな。俺が引き継いだのはあくまで記憶と能力であって、物品はそこに含まれねーよなぁ……」

　もしもあの時、引き継ぐ物に〈彷徨い人の宝物庫〉の中身を含めていたら話は違っていたんだろうか？　そんな疑問がふと頭をよぎったが、欲張ったせいで限界を超えて、結局全部駄目になるなんてのはよくある話だ。

「はぁぁぁぁ……いや、力と記憶があるだけで破格の報酬だ。これは必要経費だったと割

り切るべきだ」

自分に言い聞かせるように、言葉にしてそう呟く。そうして気持ちを切り替えると、俺は改めて〈旅の足跡〉を起動した。地図そのものは消えていても方角はわかるし、何より道があるのだから町まで行くのは簡単だが、俺はあえて〈失せ物狂いの羅針盤〉を合わせて起動し、針路上で一番近い魔獣の方へと足を向ける。

「お、いたいた……よっと」

まだこちらに気づいていなかった角ウサギを、背後から一閃。角を切り落として腰の鞄にしまい込めば、これで入町税の問題は解決だ。

「肉と皮は……まあいいか。手間かけるほどの金にはならねーし」

俺が本当に駆け出しの雑傭兵……この世界での冒険者なら、これだけ綺麗に仕留めた角ウサギの素材は残さず持っていくだろう。が、今の俺からするとこの素材に手間をかけるほどの価値は見いだせない。もっと町に近いところなら「片付ける」という意味で持っていくことはあるだろうが、ここならこのまま放置してもすぐにゴブリンか何かが食うだろうから何の問題もない。

ということで、最低限しなければならないことを済ませた俺は、今度こそ町へ向かって歩いていく。門のところでは記憶通り入町税を要求されたが、さっきの角で物納すればあ

っさりと中に入る許可が下りた。

ふふふ、やることがわかってりゃこのくらい楽勝だぜ。あとは所定の場所で勇者アレクシスがやってくるのを待つだけなんだが……

「どうすっかな……」

活気のある町並みを歩きながら、俺は静かに考えを巡らせる。今決めなければならないのは、アレクシスとの再会をどういう形にするかだ。

一周目での出会いは、初めて来た異世界の町並みにキョロキョロしながら歩いていた俺がアレクシスにぶつかったのがきっかけだった。

この頃はいい感じに尖っていたアレクシスに「勇者であるこの僕にぶつかってくるとは、貴様一体どういうつもりだ⁉」と怒鳴りつけられ、俺はチャンスとピンチが一気にやってきたことにひたすら動揺してしまい、情けなくアタフタする俺を見かねてゴンゾのオッサンとティアが取りなしてくれた結果、いつの間にか勇者パーティの荷物持ちをすることになった……というのが一連の流れだ。

なので今回も、俺が適当に町中でぼーっとしてればおそらく同じ流れで勇者パーティに加入することができるだろう。単に仲間になるだけならば、きっとそれが一番簡単だ。

が、今後のことを考えるとそれは決していい方法ではない。単なる下っ端としてお情け

で連れて行ってもらうなんて立場じゃ、俺の意見がアレクシス達に何も通らなくなってしまう。せっかく一周目の知識があっても、話を聞いてもらえないんじゃ何の意味もない。

となると、目指すべき方向性は二つ。即ち「暫定ではなく、プロの荷物持ちとしてアレクシス達に雇ってもらう」ことと、「そもそも荷物持ちではなく、戦闘要員としてきちんと勇者パーティに入れてもらう」ことだ。

前者の方は、正直簡単だ。追放スキル〈彷徨い人の宝物庫〉の能力をアピールすれば、ただそれだけで受け入れてもらえるだろう。この場合は本職の荷運びとしての契約になるだろうから、俺にはアレクシス達に対して対等な発言権が認められる。

ただし、そこに含まれるのは旅のルート選択などであって、戦闘には関われないし口出しできない。可能な限り一周目と流れを変えないことで一周目の知識を存分にいかしつつ、必要最低限だけを変えるようにするってことなら、この選択がいいだろう。

対して後者の方は、何らかの手段でアレクシスに俺の強さを認めてもらい、本当の意味での勇者パーティに加えてもらうというものだ。こっちが成功した場合は、当然ながら仲間として対等の発言ができるし、戦闘を含む行動方針に口も出せる。

が、俺が戦うとなれば一周目とは根本的に流れが変わってくるし、何より本来の流れから大きく逸脱しているため、そもそも勇者パーティに加入できるかどうかがわからないと

いう巨大なリスクがある。

　というか、アレクシスは俺が知る限り最後まで戦闘要員の募集はしていない。俺がどれだけ強かったとしても、アレクシスが必要としないなら当然仲間にはなれないだろう。相手の欲しがってないものを売り込んで買わせようってんだから、分が悪いどころの話じゃない。

「賢く無難に行くなら荷物持ちなんだろうが……」

　口の中で言葉を転がし、自分の意思を確かめる。異世界巡りはまだ始まったばかり。なら最初から無謀な賭けに出るよりも、小さな成功を刻んで手応えを感じていく方がいいんじゃないか？　そんな弱気な意見が俺の頭をよぎり……

「フッ」

　だからこそ俺は、不敵に笑う。ああそうだ、あり得ない奇跡を勝ち取ったのに、ここにきて小さくまとまっていく？　んな馬鹿な話があるか。

　目指すは大勝。これ以上ないほどの大成果。イカサマし放題の環境なら、欲しい物全部をつかみ取るに決まってんだろ！

「ここは一つ、欲張っていきますか」

　いつの間にか遠目に見えてきた、見覚えのある人影。かつてはぼーっとしていてぶつか

ってしまったその人物の前に、俺は自らの意思で立ち塞がった。

＊＊＊＊＊

『空より見る』：とある勇者の邂逅

「見て、あれアレクシス様じゃない？」

「うわー、本当だ！　格好いい……」

「まさか勇者様をこの目で見られるとは……」

「……フッ」

　横を通り過ぎる平民達の賞賛の声を、アレクシスは余裕の表情で受け流す。聞き慣れた言葉に一々反応などせず、毅然とした態度を見せることが勇者である自分の評価を高めることをちゃんと理解しているからだ。

（まったく、生まれと容姿と才能と実力と英知と神の寵愛に恵まれているだけだというのに、相変わらず庶民は大げさなことだ）

悠然とした笑みを湛えたまま、アレクシスは内心でそう嘯く。自分が選ばれし特別な存在であることを一切疑わないし、その全てを当然として受け入れる。それは大国ノートランドの王子であり、生まれた瞬間その身に神の祝福の光を受けたアレクシスからすれば息をするのと同じくらい自然なことなので、謙遜することも卑屈になることもない。

そして、そんなアレクシスの態度に周囲もまた何の疑問も不満も抱かない。一般人が同じことをすれば傍若無人と罵られるだろうが、誰もが特別と認めるアレクシスが特別扱いを求めるのは当たり前だからだ。

故に、特別なアレクシスが大通りの中央を歩けば大型馬車すら端によってアレクシスが通り過ぎるのを待機するし、もしアレクシスが欲しいと言えば、それが何であろうとアレクシスの手中に収まる。

まさに世界に、神に選ばれし特別な存在。しかしそんなアレクシスの前に不遜にも立ち塞がる人影があった。

「…………何だ、君は？」

「やあ勇者様。ひょっとして人材を探してるんじゃないかと思ったんですが、最高の荷物持ちかつ最強の剣士に興味はありませんか？」

「何？」

特別なアレクシスに平然と話しかけてくる、どう見ても平凡な冴えない青年。自分を特別扱いしないその男にアレクシスはピクリと眉をひそめ……しかしその男、エドはニヤリと笑って腰の剣に手を掛けた。

＊＊＊＊＊

（フフフ、どうやら興味を引くことには成功したみてーだな）

アレクシスがしっかりこっちを意識していることを確信し、俺は内心ほくそ笑む。

そう、どっちか片方で不足なら、両方兼任してしまえばいい。荷物持ちとして下手に出つつ、剣士として上から腕を語る。両方を兼任しようとすればこの微妙なバランス演出が必要だったわけだが、今のところは大成功と言えるだろう。

「……一応言っておくが、僕の仲間に半端者なんて必要ないよ？　荷物を持ちながら戦うだって？　つまり君は重い荷物を背負っていても僕が認めざるを得ないくらいに強いと言ってるのかい？」

そう言って俺を睨み付けるのは、柔らかな金髪を揺らす優男。だがその儚げな見た目とは裏腹に全身から強烈な威圧感を放っており、並の剣士ならばそれだけで腰を抜かしそう

だ。

威風堂々とした立ち姿から滲むのは、正しく勇者の貫禄。俺とほとんど同じ身長にも拘わらず、まるで見下ろされているかのような気分になるが……その程度で今の俺が怯んだりはしない。

「ええ、勿論。試していただけますか？　この状態で勇者様より強ければ、荷物を背負っても十分に戦えると認めてもらえるでしょう？」

「…………」

アレクシスの切れ長の目が、ピクリと吊り上がる。そこに浮かんだ一瞬の苛立ちを、俺は見逃していない。

「ハァ……わかった。君のような勘違いした奴に現実を知らしめるのも、勇者の役目の一つなんだろう。まったく強すぎるというのも困りものだ」

あからさまなため息をつきながら、アレクシスが俺の挑発に乗ってきた。よしよし、これも計算通りだ。もしここで無視されたり軽く流されたりしたら、そっちの方がよっぽど困っただろうからな。

「さあ、抜きたまえ。僕が許可しよう」

「では、遠慮なく」

ここは町の大通りであり、周囲には無関係の一般人が多数この騒ぎを見守っている。こんなところで剣なんて抜いたら、普通ならあっという間に衛兵が飛んできて鉄格子付きの宿に強制入室させられるところだ。

が、アレクシスが許可すれば話は別。アレクシスが持つ勇者の称号には無数の特権と同時に義務も存在し、その中に「いつ如何なる時、如何なる者からも挑戦を受け、己の強さを示さなければならない」というのがあるからだ。

これには「勇者なんて所詮は政治的なお飾りだ」という口さがない連中を実力で黙らせる意味があり、実際これがあるからこの世界に勇者の強さを疑う者は一人としていない。

なおその裏には「勇者は強すぎて法律で取り締まるのは難しい。なので代わりに誰でも挑めるようにしたから、もし勇者が問題を起こしたら直接何とかしろ。また勇者は自分の力で何とかできないような厄介ごとを抱えるな」という意味もあったりするんだが……まあそれは今はいいとして。

「腕を見ていただく機会をいただけた感謝の印ってことで、先手は勇者様にお譲りします」

「へぇ？　それはつまり守る方が実力を発揮できるってことかい？」

「いえ、俺が先に攻撃して一撃で終わってしまったら、受ける側に回ったときの実力を見ていただけなくなるかと思って」

「……そうか」

構えた剣先を軽く揺らしながら言う俺に、アレクシスが低い声を出す。この様子なら手加減されることはないだろう。ならば後は衆人観衆の前で俺の実力を認めさせれば、いくらアレクシスがぶち切れていても俺を仲間にしない選択肢は――!?

ギィン!

「っと、危ねぇ」

まるで瞬間移動でもしたかのように迫ってきたアレクシスの剣を、俺は綺麗に受け止める。相対距離五メートルを一瞬で詰めてくるとか、やっぱりアレクシスは強い。

ってか、わかってたけど殺意たけーなオイ。今の受け損なったら普通に腕が飛んでたんじゃねーか?

「今のを止められるのか。どうやら口だけってわけじゃないみたいだね」

「勿論。手加減した一撃を止められないようじゃ話にならないでしょう?」

アレクシスの一撃は本気ではあっても全力ではない。殺し合いじゃないんだから当然だ。なので俺も技術的な意味では割と余裕を持ってそれを受け止められたんだが……

(やべぇ、完全に忘れてた……)

俺が今手にしているのは全てを切り裂く薄命の剣でもなければ、よく鍛えられた鋼の剣

でもなく、雑傭兵時代に愛用していた安物の鉄剣だ。手頃な値段で、手頃な性能。流石に鋳造品ではないが、限りなくそれに近い鍛造の量産品。こんな剣でアレクシスの聖剣と斬り合ったりすれば、こっちの剣が保つはずがない。

（うわ、これどうする？　今更「ちょっと武器がショボいんで、二、三日金策してそれなりの剣を買うまで待ってくれませんか？」とか言えるわけねーし……）

「？　どうしたんだい？　譲ってもらった初手はもう見せた。次は君が攻める番だろう？」

「あー、いや、そうなんですけどね。ちょっと作戦を考えてたと言いますか」

「作戦？　ああ、確かに君が想像していたより僕が強いのは当然だ。そういうことならゆっくり考えたまえ」

「流石は勇者様。ありがとうございます」

余裕の笑みを浮かべるアレクシスに礼を言いつつ、俺は現状を確認する。

今から新しい剣を手に入れるのは事実上不可能だ。〈見様見真似の熟練工〉はあくまで鍛冶の腕を補正する能力だから、この場で即座にこの剣を打ち直すのも無理。

例外として俺の血を俺の体内で錬成する派生技「血刀錬成」ならいけるだろうが、こんなところで盛大に血を流しながら剣を作るとか悪目立ちなんてレベルじゃないので、流石にその札は切れない。

つまり……これでやるしかない。

「お待たせしました。では……行くぞ！」

「っ⁉」

俺は全力で踏み込み、アレクシスに向かって斬りかかる。その早さに驚くアレクシスだったが、かといって反応されないほどではない。ならばと俺は次々と斬撃を放つが、その悉くがアレクシスの聖剣に防がれてしまう。

「いい速度だ。読みも悪くない……だがいかんせん、軽すぎる！」

「うおっ⁉　いやいや、軽いってのも悪くはないんですよ？」

切り返してくるアレクシスの攻撃を細心の注意を払って受け流しつつ、俺はニヤリと笑ってみせる。余裕がないときほど笑うべし、それこそ雑傭兵の生き様よ！　まあ余裕がないのは剣の耐久力だけなんだが。

「くっ⁉　貴様、本当に何なんだ⁉　まさかこの僕相手に手加減していると⁉」

斬っても斬っても斬り込めない。だというのに俺からの攻めは微妙に緩い。勇者に相応しい実力を持つアレクシスだからこそ、それに気づいているんだろう。激しい苛立ちの籠もった視線に、しかし俺は剣の方に意識を取られながら適当に答えてしまう。

「はは、勇者様だって手加減してくれたじゃないですか。なんでまあ、お返しってことで」

「……っ⁉」

その言葉が、アレクシスの魂に火をつけてしまったらしい。距離を取るように飛び退くと、アレクシスが聖剣を頭上に掲げる。おい待て、その構えは⁉

「ちょっ、勇者様⁉　それは――」

「見るがいい！　これが勇者アレクシスの真の力だ！」

アレクシスの掲げた聖剣に、淡い光が宿っていく。それが何なのかを知っている俺が全神経を集中させるなか、大上段に構えたアレクシスがその場でまっすぐに聖剣を振り下ろす。

「喰らいたまえ！　『月光剣』！」

「マジかっ⁉」

俺に向かって放たれたのは、三日月の如き輝く斬撃。こんなものをまともに受けたら、俺の体は剣ごと真っ二つだ。

てか、馬鹿じゃねーのか⁉　いくら挑発されたからって、人のいる町中でこんなもん打たねーだろ！　これ俺がちょっとでもしくじったら後ろの一般人まで巻き込むやつだぞ⁉

「すぅ………」

瞬きほどの一瞬で、俺は細く息を吸い元々集中させていた意識を更に狭める。一見魔法

のようでありながらこいつは純粋な物理攻撃なので、防ぐだけなら〈不落の城壁（インビンシブル）〉を発動すればそれで終わりだ。

だが、それじゃ駄目だ。つまらないこだわりと言われればそれまでだが、俺はアレクシスにちゃんと認められたい。もらいものの追放スキルじゃなく、一〇〇年かけて鍛え上げた俺自身の剣術（けんじゅつ）で……勇者の技を破る！

「…………」

時が止まっているかのような極限の集中のなか、俺は静かに滑（なめ）らかに安物の鉄剣を振る。これがボロいせいで「月光剣（ムーンスクレイパー）」を切り伏（ふ）せるのが無理だというのなら、その丸い形に添って刀身を滑（すべ）らせ……ここだっ！

「ハッ！」

裂帛（れっぱく）の気合いを込めて、滑り込ませた剣を上に跳（は）ね上げる。すると俺を切り裂くはずだった三日月は遥（はる）か上方へと軌道（きどう）を変え、輝きを残しながら空の彼方（かなた）へと消えていった。

そしてそれと同時に、最後の仕事をやり遂げた鉄剣がビキッと甲高（かんだか）い音を立てて砕け散る。よくぞここまで保ったもんだ。いい仕事だったぜ……じゃあ、またな。

「ふぅぅ……ったく、何考えてんだ……ですか、勇者様！　こんなところであんな技使って、もし俺が逸（そ）らせなかったら死人が出てるところですよ⁉」

一応口調は改めたが、俺はガチめな怒りをアレクシスにぶつける。が、ムキになって技を放ったはずのアレクシスは何故か涼しい表情だ。

「フッ。何を馬鹿なことを。この僕がその程度のことを考えていないとでも？」

「ガッハッハ！　そうだぞ小僧！」

ファサッと金髪をかき上げたアレクシスの言葉に応えるように、俺の背後からまた懐かしい声が聞こえてくる。慌ててそちらを振り向くと、そこには俺よりも頭一つ分は背の高い巨体にピカリと輝く頭部を乗せた、全身筋肉の塊のような中年親父が立っていた。

「勇者の本気の一撃というならともかく、あの程度の小手調べなどでこのワシの筋肉が傷つくものか！　まあ小僧が変なことをした時のために、一応周囲にも防壁を張っておいたがな」

「ゴンゾのオッサ……じゃなくて、武僧ゴンゾ様⁉」

「お、何だ。ワシのことも知っているのか？　ならば今すぐその貧弱な肉体に筋肉を纏うべきだぞ？　信仰は筋肉だ！」

「えぇ……いえ、それは遠慮させていただきます」

おおよそ一〇〇年ぶりの再会だというのに、この一連のやりとりがまるで日常であるかのように感じられる。ああ、そうだ。ゴンゾのオッサンはいつもこんな感じだった。何も

変わってねぇ……いや、変わる前なんだから当たり前か。

「もーっ！　二人とも何やってるの！」

「っ………」

そしてそんな二人に続くように、最後の一人の声が聞こえる。初めて聞いた一〇〇年ぶりの声であり、たった一日前に命の終焉を看取った最後の仲間。

俺よりもずっと小さい一六〇センチほどの小柄な体に、アレクシスの金髪よりもやや赤みがかった太陽のような黄色い髪。翡翠色の瞳は危ないことをした仲間達に対する怒りが見え隠れしているが、そこには間違いなく命の輝きが満ち満ちている。

ああ、生きている。ただそれだけの当たり前の事実が俺の全身を震わせ、その声を聞くだけで俺の胸が張り裂けそうなほどに締め付けられる。

「アレクシス！　なかなか戻って来ないと思ったら、こんなところで何をしてるのよ！」

「フッ、何を言い出すかと思えば……いつも通り、己の分を弁えぬ愚かな庶民に僕の凄さを少しだけ体感させてあげただけさ」

「何処が少しよ！　あんな技まで使って……ねえ、貴方。大丈夫？」

聖剣を鞘に収めて肩をすくめるアレクシスに、ティアが呆れたような声で答えてから俺の方に近づいてくる。少しだけ目尻をさげて心配そうに見るその表情は、ここから始まり、

そして終わった冒険中に数え切れない程見つめた顔だ。

「ティア……」

「え？　何で私の名前を知ってるの？　ひょっとして何処かで会ったことがあるのかしら？」

思わず名を呼んでしまった俺に、ティアが不思議そうに首を傾げる。ああ、こりゃいかん。何か適当な言い訳をしねーと……

「えーっと、いや、その……あ、ほら！　勇者様のお仲間の方々は、みんな有名じゃないですか！　偉大なる精霊使いであるルナリーティアさんの名前なら、誰だって知ってて当然ですよ！」

「あー、そっか。そりゃそうよね、別に名前を秘密にしてるわけじゃないんだし。じゃあ、改めて自己紹介！　私はアレクシスと一緒に魔王を倒す旅をしている、エルフで精霊使いのルナリーティアよ。宜しくね！」

「あ、はい。俺はエド……旅の剣士で、荷物持ちです」

「エドね！　宜しくエド……剣士はともかく、荷物持ち？」

「はい、その…………あれ？」

差し出された手を、俺は恐る恐る握った。ほっそりとした指先が絡み、手のひらにティ

アの温もりを感じた瞬間……不意に俺の視界が歪む。

「えっ⁉　ちょっ、待って。何で泣くの⁉」

「へ？　あ、本当だ。何で……？」

驚いているティアの顔を見ながら、俺は自分の頬に手を当ててみる。するとそこには熱い涙が滴っており、どうやら俺は知らずに泣いているらしい。

「ど、どうしよう？　私何か酷いことしちゃったかしら？　それとも……そうよ、アレクシス！　ちょっとアレクシス、貴方一体何したの⁉」

「言いがかりはやめてくれないかティア？　僕は別に特別なことはしてないさ。いや、僕という存在そのものが特別だということを抜きにすればだけどね」

「またそういうわけのわかんないことを！　ごめんねエド、アレクシスには私が後でちゃんと言っておくから……」

申し訳なさそうな声を出しながら俺の顔を覗き込んでくるティアに、俺は半笑いになりながらゆっくりと首を横に振る。

「あー、いや、違うんです。そういうのじゃなくて……あれですよ。高名な勇者パーティの方に名前を呼んでもらうなんて、そのうれしさで思わず泣いちゃったというか」

「ええ、そうなの？　それだとやっぱり私が悪いのかしら？　えっと、私はどうすればい

い？」

「ははは、すぐに止まると思いますから、気にしないでください。あ、でも、そうだ……もし良かったらなんですけど……」

「なーに？」

「その……もう一度だけ、俺の名前を呼んで貰えませんか？」

「名前？　いいけど……エド？」

「……はいっ！」

「フフッ、何だかよくわからないけど……エドって面白い人ね」

　何も知らず、何もわからず、それでも奇異な態度を取る俺に対して、ティアは優しく微笑んでくれる。その後は何も言わずに待ってくれたティアのおかげで、俺は一分ほどかけてどうにか涙を抑え込むことに成功した。

「ふぅ……すみません。もう落ち着きました」

「そう、良かった。で、エドはアレクシスと何をしてたの？　まさか本当に喧嘩してたわけじゃないわよね？」

「あ、はい。実は憧れの勇者パーティに入れていただけないかと思いまして、勇者様に俺の実力を確かめてもらっていたんです」

「そうなの？　確かにアレクシスと戦えるなら強いんだと思うけど……うーん、私達、別に戦力不足に悩んだりはしてないのよね」

俺の言葉に、ティアが眉間に皺を寄せてそう答える。だがその反応は想定内だ。俺は慌てず更に言葉を続けていく。

「ですよね。なので――」

「でもまあ、いっか！　エドとなら何となく上手くやっていけそうな気がするし！」

「荷物持ち……あれ？」

「ねーねーアレクシスー！　エドのこと仲間にしてもいいでしょー？」

「は⁉　何を勝手なことを言ってるんだ君は⁉　今更仲間なんて増やしたら、連携が取れなくなって却って弱くなると何度も説明しただろう！」

「それはわかってるけど、でもそれは弱い人を仲間にしたら、でしょ？　アレクシスが本気を出しちゃうくらい強い人なら、改めて訓練をしてでも仲間に入れた方が結果的には強くなれるんじゃない？」

「誰が本気を出しただって⁉」

「あら、違うの？　まさか勇者アレクシスともあろう人が、どうでもいいような相手にあんな技を使ったりしないわよね？」

「うぐっ⁉　それは……」

　ニヤリと意地の悪い笑みを浮かべるティアに、アレクシスが言葉を詰まらせる。実際アレクシスはどうでもいい相手に「月光剣」なんて使わない……というか、使ったら相手が死ぬ……ので、思いっきり図星を指された形だ。

「ほら見なさい！　ねえゴンゾ、貴方はどう思う？　私はエドとなら仲良くやっていけるかなーって予感がするんだけど」

「ワシか？　ワシは別にどちらでも構わんぞ。ついてくるというのならついてくるに相応しい筋肉を身につけさせるだけだ！」

「なら決まりね。エドの仲間入り、けってーい！　これからよろしくね、エド！」

「あ、はい。宜しくお願いします……？」

　何だこの……何だ？　俺は勇者パーティに入るために色々な作戦を考えていたというのに、気づいたら既に勇者パーティに加入していた……？

「えっ……と、本当にいいんですか？」

　とはいえ確認は重要だ。俺がパーティのリーダーであるアレクシスに問いかけると、アレクシスが心底苦々しげな表情を浮かべながら答えてくれる。

「ハァ……まあいい。彼女はこういう時、何を言っても聞かないからね。でも僕の足を引

っ張るようならすぐに辞(や)めてもらうから、そのつもりで頑張(がんば)りたまえ」

「あ、ありがとうございます！　頑張ります！」

「わーい、やった！　ありがとうアレクシス！」

俺がアレクシスに礼を言って頭を下げると、何故か俺より喜んでいるティアもアレクシスの手を掴(つか)んでブンブンと振る。アレクシスが心底困った顔をしているのがちょっとだけ面白い。

「何故君が礼を言うんだ？　まったく……で、君……エドだったか？」

「はい。エドです。よろしくお願いします」

「ふむ、それはいい。ではエド、確認なんだが……君は本当に荷物持ちもやるつもりなのか？」

「え!?　エド、冗談(じょうだん)じゃなくて本当に荷運び(ポーター)志望なの!?」

アレクシスの言葉に、ティアが驚いて俺の顔を見てくる。まあアレクシスと戦えるような人物がただの荷物持ちを希望していたらそういう反応になるだろう。

「ほう、小僧が荷物を運んでくれるのか？　なら問題は解決ではないか！」

「それはそうだけど……でも、いいの？　私達全員の荷物ってなると、結構な量があるのよ？　それに最近は少し遠出をしようかって話をしてたから、多分エドが考えてるより沢(たく)

山の荷物を任せちゃうと思うんだけど……」

　やや不安げな表情で問うてくるティアの言葉に、しかし俺は自信満々で腰の鞄をポンと叩く。

「ええ、何の問題もありません。実は俺、ちょっと凄い魔導具を持ってまして。これなんですけど」

　そう言って俺は腰の鞄の蓋を開き、半分に折れた鉄剣を突っ込んだ。するとどう考えても入るはずのない大きさの剣がスルリとその中に吸い込まれていく。

「剣が消えた⁉　馬鹿な、どうやって？」

「おお、そいつは凄いな！　何だそれは？」

「へへへ、実はこの鞄は、見た目よりずっと大量の荷物が入る不思議な鞄なんです。遺跡で見つけたものなんで詳しい仕組みとかは全然わからないですし、最初に拾った俺以外の人が持ってもただの鞄になっちゃうみたいなんで使い回しとかは無理ですけど、でもこれがあれば荷物持ちの仕事は十分にできるかと」

　無論、これは単なる革の鞄であり、仕掛けは追放スキル〈彷徨い人の宝物庫〉だ。鞄の中に出入り口を展開することであたかもこの鞄が魔導具であると錯覚させたのだ。

　何でそんな面倒なことをしたかと言えば、理由は二つ。一つは勿論、俺の有用性を示す

ためだ。俺にしか使えない魔導具ということにしておけば、勇者権限で徴発しても意味がない。この鞄の力が欲しければ俺を仲間にするしかなくなる。

そしてもう一つは、俺は基本的に追放スキルのことを隠そうと思っているからだ。俺の最終目標は勇者パーティを追放されること。つまりいずれはほどほどに無能を演じないといけないので、自分の能力よりも道具に依存していると考えてもらった方が都合がいい。道具ならわかりやすく壊したりなくしたりできるが、能力はそうじゃないからな。

そう、俺はあくまで通りすがりのよそ者であり、部外者。途中で抜けるのが確定しているのだから、有能でありすぎるのはむしろ害悪なのだ。

「……ちなみに、その鞄にはどのくらいの量の物資が入るんだ？」

「そうですね……今まで一杯になったことがないので正確な量はわかりませんけど、でかい倉庫の二つや三つくらいは余裕かと。あ、勿論どれだけ入れても鞄の重さは変わりませんよ」

本当の〈彷徨い人の宝物庫〉の容量は、驚きの世界一つ分だ。が、流石にそこまで馬鹿正直に言うと鞄の価値が高くなりすぎてしまう。使えないとわかっていても「殺してでも奪い取る」なんて選択肢がでてきてしまうので、まあこのくらいがちょうどいいだろう。

「凄い凄い！　それだけ入ったら一ヶ月どころか一年だって冒険できるわ！」

「だな！　今までは遠慮して持ち歩けなかった筋トレ用のアダマント片を持ち歩けるとなれば、どんな場所でも筋肉を育てることができるようになる！　いやぁ、実に素晴らしい魔導具ではないか！」

「は、はあ。どうも……」

ティアはともかく、ご機嫌な笑みを浮かべてバシバシと背中を叩いてくるゴンゾのオッサンに、俺は曖昧な笑顔で答えておく。てか筋トレ道具って、一周目ではちゃんと遠慮してたんだな……あの頃の俺がそんなもの持ったら秒で潰れるから当然と言えば当然だけれども。

「ふむ、どうやら僕が考えていたよりかなり有用な魔導具のようだね。そういうことなら荷物は君に任せよう。さしあたっては……これだ」

そう言って、アレクシスがピンと何かを指で弾く。それをしっかりキャッチすると、俺の手の中には鈍く輝く銀色の……じゃない、金貨⁉

「へ⁉　あの、勇者様⁉」

「それで君が必要だと思う物資を、必要だと思うだけ買ってくるんだ。余った分は返さなくてもいい」

「ええ？　でもこれ、金貨ですよ？　ひょっとして間違えたりしてません？」

この世界の一般庶民の平均的な収入は一日辺り銅貨八〇枚くらいで、銅貨一〇〇枚で銀貨一枚、銀貨一〇〇枚で金貨一枚となる。そして一周目の時に俺が初めて受け取ったのは、銀貨一〇枚だった。

まあ当然だろう。何処の誰ともわからない相手にいきなり大金を渡すはずがない。だから今回もそうだと思ったんだが……これは？

「間違えてなどいない。それだけの量が入るというのなら、ちまちまと買うよりも大量にまとめ買いした方が効率がいいだろう？　最強の剣士というのは僕がいる以上あり得ないが……最高の荷物持ちだというのなら、その能力を見せてくれたまえ」

「……わかりました。ご期待に添えるよう頑張ります」

フンと鼻を鳴らすアレクシスに、俺は丁寧に一礼して応える。

なるほど、つまりこれは試験だ。この金をどう使い、何をどれだけ購入するのか？　単純に荷物を持つだけの存在ではなく、荷物を……物資を管理する者としての俺の能力が試されている。

フフフ、いいだろう。その挑戦受けて立つ！　こちとら伊達に一〇〇年も荷物持ってねーんだよ！　完全かつ完璧な旅の準備を整えて、あまりの快適さに吠え面をかかせてやるぜ！

「じゃ、行きましょ！　二人とも、また後でね！」

「はい！　……はい？」

やる気に燃える俺の腕を、極めて自然な動作でティアが掴んで歩き出す。そのあまりの違和感のなさに、俺の脳が遅れて気づくことおよそ一〇秒。

「ちょっちょっちょっ!?　何でティアさんが一緒についてくるんですか!?」

「ティア！」

「？　はい、ティアさんですよね？」

「そーじゃなくて！」

強引に引っ張っていた腕を放し、ティアが頬を膨らませて俺の前に立ち塞がる。

「ティアよ！　さっきは呼び捨てにしてたのに、何で今更『ティアさん』なんて他人行儀な呼び方するの？」

「いや、そこはまあ失礼がないようにというか……ティアさんは先輩――」

「ティア！」

「………ティアは先輩なわけですし」

「そんなこと気にしなくていいのよ！　エドはもう正式に私達の仲間になったんだから、上も下もないの！　敬語だっていらないわ」

「でも……」

なおも言いつのろうとする俺の唇に、ティアがプニッと自分の人差し指を押し当ててくる。そうして言葉を封じられた俺に、ティアは何とも楽しそうな笑みを浮かべて言葉を続ける。

「でもも何もなし！　他の二人のことまでは強要しないけど、私は貴方のことをエドって呼ぶし、貴方は私をティアと呼ぶの！　いいわね！」

「……わかりま――」

「むー？」

「っ……ははは、わかったよティア」

「それでいいのよ！」

思わず苦笑する俺に、ティアが満足げに頷くとクルリとその場で回って俺の前を歩き始める。何ともティアらしい行動ではあるが……むーん？

「なあティア？　自分で聞くのもどうかと思うんだけど」

「何？」

「いや、何で会ったばっかりの俺にそこまで良くしてくれるのかなって」

俺の知っているティアは確かに社交的で人見知りしない性格ではあるが、だからといっ

て出会ったばかりの相手にここまで無条件に近づいたりはしない。実際一周目では「行ってらっしゃい。アレクシスに認められるように頑張ってね」と笑顔で送り出してはくれたが、こんな風に強引についてきたりはしなかったのだ。

そう、今のティアの距離感は、勇者パーティとして長い時間を過ごした後の状態に近い。

（まさかティアまで記憶を引き継いで……って、それはねーよな）

頭に浮かんだ一番納得のいく答えを、しかし俺は即座に否定する。もしあの時の記憶が残っているのだとしたら、それこそティアが平静でいるはずがない。

でももし、ティアがずっと前からその記憶を思い出していたら？　そして俺がそうであるように、俺との出会いを何食わぬ顔でやり直しているなら？

俺が一人でどれだけ考えたところで、その答えは永遠に出ない。ならばこそティア本人に問いかけてみたわけだが、当のティアは小首を傾げて悩み始める。

「何でって……うーん？　確かに何でだろ？」

眉間に皺を寄せたその顔は、間違いなく本気で考えている顔だ。仲間として一年半共に過ごした俺の見立てが間違ってないなら、この時点でティアが演技をしているという可能性が消えた。

が、そうなるとやっぱり度を超して親切にしてくれた理由がわからない。静かに答えを

待つ俺に、ティアがゆっくりとその口を開いていく。

「あのね、私達エルフって、エドみたいな人間に比べて長生きでしょ？」

「？　そうだな。それがどうかしたのか？」

「長く生きるってね、それだけ沢山のことを経験して……沢山のことを忘れるってことでもあるの。実際私も一〇〇年以上生きてるけど、忘れちゃったことがきっと沢山あるわ。それこそ忘れちゃったことを忘れちゃうくらい！　まあ全部覚えてたりしたら今度は思い出に押しつぶされちゃうから、仕方ないことだと思うけど」

そう言って小さく笑うティアは、見た目だけなら俺より年下の少女にすら見えるが、その瞳の奥には間違いなく長い時を生きてきた深みが感じられる。自分でも経験したからわかる。一〇〇年という時間は決して軽いものではないのだ。

「でもほら、絶対に忘れたくない大切な思い出とかもあるでしょ？　そういう記憶をね、私達エルフは魂に刻むの」

「魂……？」

「そう、魂。と言っても別に特別な何かをするわけじゃなくて、ただそっと胸に抱きしめて、強く強く心に焼き付けるの。数百年の時を経ても決して色褪せないように、時の一端を切り取って保存するように。

そうすると、不思議と忘れないの。ただあまりにも強すぎる想いは、死んで生まれ変わっても魂に焼き付いたままになって……だから時々、初めて見る光景や初めて会った人に懐かしさを感じることがあるんだって。さっき突然泣き出したエドの顔を見て、いつか何処かで聞いたそんな話を思い出したの」

「そう、か……」

果たして人には魂と呼べる何かがあり、それは死んだ後に生まれ変わるのか？　その答えをただの人間である俺は持ち合わせていない。

が、他ならぬ俺自身が未来という名の過去から記憶と能力を引き継いだ存在だ。ならば何処か別の世界で魂に刻んだ記憶がふとした瞬間に目覚めないと、どうして言いきれるだろう？

それに、今ティアが言ったようなことを体験したという人物には何度か会ったことがある。それはエルフに限った話ではなく、人間でもドワーフでもそういうことはあるらしいが……であればそれを単なる与太話と切って捨てるのも味気ない。

「なるほど、魂の記憶……確かにそういう話は俺も聞いたことがあるな」

「でしょ？　だからひょっとしたら、私が私になる前に、エドがエドじゃない頃の誰かと出会って仲良しだったんじゃないかしら？　あえて理由をつけるとすればそんなところ

ね」

「そっか」

そう言ってはにかむティアに、俺はあえて短くそれだけ返す。それ以上など必要ない。真実なんてものは、この笑顔に比べたら紙屑みたいなもんだ。

「なら俺も、遠慮なくティアと仲良くさせてもらうか」

「何それ、面白い言い方ね！　いいわよ、どーんと来なさい！」

控えめな胸を得意顔でドンと叩くティアを前に、俺は少しだけ早歩きしてその隣に並ぶ。するとティアも俺の横を歩き始め、俺達は二人並んで大通りを歩いて行く。

「それでエド、まずは何を買うの？　この辺のお店はそれなりに詳しいから、言ってくれれば場所を案内するわよ？」

「そりゃありがたい……けど、実は俺もこの辺は詳しいんだよ。っていうか、多分ティアより詳しいと思う」

「へー、言うじゃない」

「ま、俺は勇者パーティの荷物持ちだからな。それに相応しい知識はちゃんと持ってるってことさ」

「おー！」

ドヤ顔を決める俺に、ティアがパチパチと小さく拍手をしてくれる。そもそも一人で回るつもりだったのだし、その辺の計画はバッチリだ。おまけに今回は予算として金貨をもらっちまったので、本来ならもう少し信頼を得てからと思っていた計画を前倒しすらできる。フフフ、アレクシスの驚く顔が目に浮かぶぜ……

「ということで、まずは大通りの脇にある干物屋の脇の道を曲がって、三つ目の角を左に進んで奥から三軒目にある裏通りの店からだ！」

「干物、脇……えぇ？　何そのお店。私全然知らないいんだけど⁉」

「ちょっとした穴場だからな。知る人ぞ知るというか、誰も知らないからこそ良品が安く眠っているというか……どうやって商売を成り立たせてるのかはわかんねーけど」

「うわぁ、何だか面白そう！　ならお店選びは全部エドに任せちゃってもいいのかしら？」

「勿論。お嬢様にもご満足いただけるような、素敵に怪しく胡散臭い店にご案内いたしますとも」

「素敵なのに怪しくて胡散臭いの……？」

長い耳をピコピコと揺らし好奇心を膨らませる子猫のようなティアの手を取り、今度は俺が引っ張って行く。繋いだ手はあの日と同じく温かく……だがその温もりはいつまで経っても消えることはなかった。

「たっだいまー！」

「……戻りました」

町にある一番豪華な宿の一室。その室内に入った俺達を出迎えたのは、何とも渋いアレクシスの顔だ。そりゃ新人に試験を出したつもりが、仲間の試験官がそれをガン無視してウッキウキで同行したらこんな顔になるわな。

「おかえり、ティア。で、どうだったんだ？」

「ほえ？　どうって？」

「………そうか。まあ君にその手のことは最初から期待していないから、別にいいんだけどね」

「むーっ！　ほら見てエド！　アレクシスったら早速意地悪なことを言うのよ⁉」

「あはははは……」

呆れたように首を横に振るアレクシスに、ティアが思いきり頬を膨らませて俺を見てくる。だがそんな顔を見せられても、俺にできるのは愛想笑いくらいが精々だ。

「では、改めて君の働きを確認させてもらおうか？」

「わかりました。ここに出しても？」

「ああ、構わないよ。それで駄目（だめ）になるようなものを買ったりしていなければね」

相変わらず上からなアレクシスの言葉に、俺は特に気にすることなく鞄（かばん）に手を突っ込んで、その実〈彷徨い人の宝物庫（ストレンジャーボックス）〉から買い込んできた品物を取りだしていく。

「まずは食料品ですね。ティアの話によるとすぐに町を立つということではないらしいので、今回は保存食のみを購入してあります。三ヶ月保つものが一〇日分と、一年保つものが同じく一〇日分です」

ふかふかの絨毯（じゅうたん）の上に積み上がっていく食料の山。俺も含（ふく）めて四人分となると、これだけでも相当な量だ。

「ふむ、梱包（こんぽう）もしっかりされてるね」

「そこはきっちり調べましたから。多少割高でしたが、信頼できる大店（おおだな）のものを買い込んできました」

物というのは単に安ければいいというものではない。値段とは品質と信頼であり、食料という命に直結するものを一山いくらの露天（ろてん）で買い叩くような奴（やつ）は、それしか選択肢（せんたくし）のない新人か貧乏人（びんぼうにん）、あるいは世間知らずのお坊（ぼっ）ちゃんくらいだろう。

まあゴンゾのオッサンみたいな人なら口に入れれば石でもいいなんてこともあるのかも知

れないが……いや、マジで平気って言われたら怖いから考えるのはやめておこう。実は追放スキルにそういう感じのがあったりするけど、使いたいと思ったことなんて一度もねーしな。

「で、次は……これです！」

そんな食料の山を避けて、今度はドスンという音を立てながら大型の魔導具を取り出す。俺の腰の高さまであるずんぐりとしたそれは、当然ながら携帯を前提としたものではない。

「…………容量はまだしも、明らかに鞄の口より巨大なものが出てきたことは、この際目を瞑ろう。が、これは何だい？　見たところ何かの魔導具のようだけど？」

「フフフ、これは……水を生成する魔導具です！」

「水？」

ドヤ顔で言う俺に、しかしアレクシスは露骨に眉をひそめる。

「僕達のパーティでは、飲用の水はティアの精霊魔法で出してもらっている。故にこんなものが必要だとは思えないんだが……ティア？」

「違うわよ！　私だって何度もそう言ったのに、エドがどうしてもって言うから買ったの！　これだけで銀貨五〇枚もしたんだから！」

じろりと見てくるアレクシスに、ティアが慌ててそう抗議する。その時にも事情を聞か

れたのだが、ティアには「後でまとめて説明するから」と言ってまだ話していない。

「……理由を聞こうか？」

「勿論。まず最初に、おそらくご存じないでしょうから説明させてもらいますが、中古とはいえこの魔導具で銀貨五〇枚は破格です。新品を買えば普通に一〇倍しますから」

「えっ⁉　これってそんなに高いの⁉」

「そりゃそうだろ。だって魔力さえあれば砂漠だろうと洞窟だろうと、どこでも飲める水が出せるんだぞ？　それがどんだけ便利かは、実際に水を出してるティアならよくわかるんじゃねーか？」

「それはまあ……うん。お水って重いもんね」

そう、水は重い。にもかかわらず人が生きるには水が大量に必要で、だからこそこういうものが普及する前は、大規模な人の生活圏は水辺に限られていたのだ。

「だが魔力を消費して水を出すというのなら、それこそティアにしてもらっていることと変わらないだろう？　なのにわざわざ魔導具を買ったのはどうしてだい？」

「理由はいくつかありますけど、一番の理由は安全の確保ですね。ティアによる飲み水の生成は、当たり前ですけどティア以外にはできません。つまり何らかの理由でティアの魔力が枯渇していたり、怪我や病気で精霊魔法が使えないと俺達はいきなり飲み水を失って

しまうわけです。

　でもこの魔導具なら、魔力を込めさえすれば誰でも使えます。俺には魔法は使えませんけど魔力自体はちょっとだけならあるんで、何なら俺がこの魔導具を使えば他にも使い道のあるティアやゴンゾ様の魔力を温存できるという効果も見込めますね。

　俺のスト……魔法の鞄があれば水筒を大量に持ち運ぶこともできますけど、水は普通に傷みますし、結局水場がないと補給ができないのは同じですから、食料よりも更に重要な水の現地調達先を増やしておくのは絶対的に有用かと」

「…………なるほど。確かに一理あるね」

　説明を聞いて頷くアレクシスに、俺は内心でガッツポーズを決める。見た目ではわかりづらいが、これはかなりの高評価を得られたということだ。

　ま、これは本気で掘り出し物だったからな。一周目の時にたまたま道に迷って辿り着いたあの怪しげな店でこれを見つけた時は、自分の手の中に銀色の貨幣が一枚しかないことに歯噛みしたものだった。

　その時もここに戻ってアレクシスに「あれは絶対いいものだ」と熱く説明してみたけれど、あの時は「ティアがいるから必要ないだろう？」という言葉を押し切ることができず、結果としてこれを買うことはなかった。

そしてそれが後にとある悲劇を呼ぶことになるのだが……今回はそんなことは起こらないので、まあいいだろう。

「後は細々した消耗品なんかですね。野営の道具とかは既に皆さんが持っているとのことなので、今回は控えさせてもらいました。くたびれてきているからそろそろ買い換えたいということであれば、ご要望をお聞きしたうえで新しい物を用意しますけど？」

「いや、そこまでは必要ない。流石に日帰りの冒険ばかりをしているわけじゃないからね」

「なら良かったです。そして最後は……」

そう言って俺が取りだしたのは、鈍い輝きを放つ鉄の剣。折れてしまった愛剣を下取りに出し……なお銅貨五枚だった……手に入れた、新たな相棒だ。

「ほう、ちゃんと剣も買ってきたのか」

「そりゃそうですよ。俺ほどの戦力を遊ばせておくなんて、それこそ馬鹿ですから」

今回俺は、アレクシスに剣の腕を示して仲間になった。ならば俺の戦力は勇者パーティの戦力の一部であり、それを活用しないのはゼロではなくマイナスだ。

そして冒険に絶対に必要な経費に関しては、パーティの資金から出すのが通例だ。それを徹底してないパーティだと、消耗品を使い渋ったり装備の手入れを先延ばしにしたりすることで結果として大損するというのはありがちな話である。

なので今回、俺はパーティの金で剣を買った。これは俺という戦力を生かすための必要経費となるので、むしろ剣を買わずに無手で戦うなんてことを選んだら、アレクシスはここぞとばかりに罵倒してくれたことだろう。

「だが、見たところあまり質のいい剣とは言えないようだね。正直、僕は君の剣に渡したお金の殆どを注ぎ込むんじゃないかと思っていたんだが……」

「それも一つの手段として考えてはいましたけど、今回はもっといい手段があるので、とりあえずの間に合わせですよ」

「いい手段？」

「はい。つきましては勇者様。遠征の練習と俺を加えた戦闘の習熟、おまけに素晴らしい武具の入手もできるお得なご提案があるのですが……」

「……聞こうじゃないか。何だい？」

　まるで悪徳商人のようにニヤリと笑う俺に、アレクシスが若干引きながら言う。

「アトルムテインに行きません？　あそこにね、いーいお宝があるんですよ」

　そうとも、これは悪巧み。自重なんてしてやらない。せっかく二周目なんだから……世界を半年先取りだ。

第三章　記憶を先取り、報酬全取り！最強武器を手に入れろ！

「おおー、ここがア、アト……何だっけ？」

「アトルムテインだ」

「そう、それ！　アトルムテインかー！」

苦笑する俺の隣で、ティアが楽しそうに町並みを見回している。そんな俺達の背後からは、馬車を降りたアレクシスが微妙な表情を浮かべている。

「はしゃぐのは後にしたまえ。それよりもエド、本当にこんなところにお宝とやらがあるのかい？」

「そうそう、お宝！　エドったらずーっと『着いてのお楽しみだ！』って言うから、私ずーっと気になったまんまなのよ!?　ずーっと！」

「ガッハッハ！　長命のエルフのくせにそう急くな。小僧にも何か事情があって言わなかったのだろう？」

「それは勿論。とは言えここで話すようなことでもないので、宿をとってその部屋の中で

……ということで構いませんか？」

「ワシは構わんぞ？　アレクシスはどうだ？」

「ふむ。確かに立ち話は優雅じゃないね。僕もそれでいい」

「私も！」

「じゃ、そういうことで」

全会一致を得られたことで、俺達はアトルムテインの町を歩いて行く。通りを行き交う人々には活気があるが露店は少なく、この町が外部からの客を相手にした町ではないことを物語っている。

「うわー、煙突が一杯！　あれって全部鍛冶屋さん？　なら確かに凄い武器とかありそうね」

「馬鹿なことを言わないでくれティア。この町に武器などあるわけないだろう？」

「え、何で⁉　だって鍛冶屋さんなんでしょ？」

「ははは。なあティア、確かにここは鉱山と鍛冶の町だけど、ここで掘れるのは銀なんだよ。だからこの人達が作ってるのは主に食器だな」

俺達みたいな稼業だとどうしても鍛冶イコール武器と考えがちだが、現実的には日常に使う農具や調理器具、馬の蹄鉄や扉の留め具など、武器ではないものの生産の方が圧倒的

に多い。中でも銀は食器としての需要が圧倒的に高いため、これだけの工房がしのぎを削っているというわけだ。

「へー。あ、じゃあひょっとして、お宝ってどんなものでも美味しく食べられる、伝説のナイフとか？」

「そりゃあいい！　味の改善さえできれば、小僧でもワシの筋肉丸を食えるのではないか？」

「いや、それを手に入れてどうしろと……まあとにかく詳しい話は宿に着いてからだ」

「はーい、エド先生！」

　俺の言葉にワクワクを抑えきれないティアが、耳を揺らしながらそう答える。ちなみにゴンゾのオッサンの言う「筋肉丸」とは、筋肉の成長に必要な要素だけを高濃度で固めた丸薬……ということらしい。

　多分猛烈な栄養があるんだろうが、口に入れるとじわりと溶け出す血と脂の風味が並の毒薬など比較にならないほどの吐き気を呼び起こし、まともな味覚を持つ人間が食べられるものではない。

　うん、本当に酷かった……一周目の時に何も知らずに食わされたけど、その場で吐き出したうえに三日くらいはずっと口の中に嫌な味が残ってて、何食っても味がわからなかっ

たからな……今回は絶対に食わないぞ、マジで。

と、そんな危険で楽しい雑談を繰り広げていれば、あっという間に宿に到着する。残念ながらアレクシスのお眼鏡に適うほどの高級宿は存在しないが、それでも町一番の宿に部屋を取ると、俺達は改めて顔を付き合わせた。

「エドのおかげで置く荷物もないし、もういいだろう。さ、説明してくれるかい？」

「わかりました。では……これは俺が確かな筋から手に入れた情報なのですが、どうやらこの銀山にはロックワームが生息しているようなのです」

「ロックワームだと⁉」

真面目顔で語った俺の話の内容に、アレクシスが驚愕の声をあげる。だがそれも当然だ。ロックワームは鉱物を食う魔獣であり、こいつが住み着くと鉱山の寿命が一気に縮む。しかも食った部分は当然空白になるので、大規模な崩落事故にも繋がる極めて厄介な存在である。

そしてその厄介さは、このアトルムテインにも襲いかかることになる。誰にも気づかれていないロックワームは自由気ままに鉱山を食い荒らし、結果として三ヶ月後に大崩落を招くことになるのだ。

存在が確認されたロックワームが他の鉱山に移動して被害を出す前に退治すべしと、俺

達がここを訪れるのはその更に三ヶ月後。つまり今から半年後のこの町は、突如として食い扶持を奪われた職人達の諦めと絶望の入り交じった、何とも悲しく寂しい場所であった。

「おいエド、その情報は本当に信頼できるんだろうね？　冗談でしたではとても済まない内容だよ？」

　それほどの大物だけに、アレクシスが俺に向ける視線はいつにも増して厳しい。だが俺からすれば確証のある話なのだから、怯む理由などない。

「勿論です。相手は生きている魔獣ですから今この瞬間に鉱山を食い荒らしているかまでは保証できませんけど、ここの銀鉱脈を餌場としているのは間違いありません」

「では、それをここまで秘匿した理由は？　真実だと言うのならば、国に通報すればもっと早い段階で騎士団が派遣されたはずだが……」

「それこそが理由です。滅多に発見されないロックワーム……しかも銀を食っているロックワームをを俺達の手で仕留めることこそ、俺の目的でしたから」

「…………ミスリルか」

　苦々しい表情を浮かべるアレクシスに、俺は密かに関心する。ほほぅ、アレクシスはロックワームの秘密を知ってるのか。なら後の二人は……

「ねえゴンゾ、ロックワームとミスリルって何か関係があるの？」

「うん？　ワシは知らんぞ。別にどうでもいいではないか」

「えーっ⁉　そこは気になるじゃない！」

「なら直接聞けばよかろう。さすれば教えてくれるのではないか？」

「でも、何か二人の話に割って入るのは悪い気がして……」

……どうやら何も知らないらしい。まあ知らない人の方が圧倒的に多いだろうしな。

「ははは、そんなこそこそ話さなくても教えてやるって。なあティア、ミスリルって何だか知ってるか？」

「何って……ミスリルでしょ？　魔力の伝達率が高くて許容量が大きいから、優秀(ゆうしゅう)な魔導具や付与魔法(エンチャント)のかかった武器はミスリル製が多いわよね」

「そういうことじゃなくてだな……言っちゃうと、あれだ。ミスリルってのは、長期間強い魔力に晒(さら)された銀が変異したものなんだよ」

「へー、そうなんだ。あ、待って。それじゃひょっとして、ロックワームの強い魔力に晒された結果、この山の銀が全部ミスリルになっちゃったってこと⁉」

「そうなってたら大儲(おおもう)けだろうけど……当たらずとも遠からずってところか」

「何よもったいぶって！　教えてくれるならちゃんと教えてちょうだい！」

ぷーっと頬(ほお)を膨らませるティアに、俺はちょっとだけ意地の悪い笑(え)みを浮かべる。

「わかった、なら教えてやろう。銀に魔力を加えるとミスリルになる。それはその通りなんだが、実際にはかなり強烈な魔力に朝から晩までずっと晒され続けないとミスリルに変質したりはしねーんだよ。ならその条件を満たすにはどうすればいい？」

「どうって、だからロックワームが近くにいるから……」

「近くにいるくらいじゃ駄目だ。それこそ常に体の側にあるくらいじゃねーとな。そしてロックワームは鉱物を食う。勿論銀もだ。つまり……」

「……待って。私今凄く嫌な予感がするわ」

ニヤリと笑う俺に、ティアがもの凄く嫌そうな顔をする。だがそんな表情をしたところで真実からは逃れられない。

「実はロックワームは味の好みにうるさい魔獣でな。一つの金属をずっと食べる習性があるんだ。で、ここのロックワームは銀を食ってる。

だがその全てが消化されるわけじゃない。体内に残ったごく一部の銀はロックワームの腹の中でその魔力を浴び続け、何十年という時間をかけてミスリルへと変わっていく……つまりミスリルってのは、ロックワームの未消化のウンコってことだな」

「いやー！　聞きたくなーい！」

その残酷な現実に、ティアが長い耳をギュッと両手で握って塞ぎ、イヤイヤと首を横に

振る。確かに冒険者の憧れであるミスリルが魔獣の宿便となれば、叫びたくなる気持ちはわからなくもない。

ちなみにだが、一周目の時は討伐したロックワームの死体はこの町の復興資金として寄付してしまったので、俺達はそのミスリルを目にしてすらいない。というか体内からミスリルが取れること自体、この後でロックワームのことを調べて知ったくらいなので、知っていたのはアレクシスだけのはずだ。

そうか、それを知ってたからこそアレクシスは寄付するって言い出したのか。隠し事をした状態で……と言うと聞こえが悪いが、まあアレクシスだしな。魔獣の腹に金目の物があるからって困った人達を見捨てる選択をティアとゴンゾのオッサンがするはずもないし、言ったところで何も変わらなかっただろうけど。

「そんな、ミスリルがそんな……そんなだったなんて……あれ？　でも私、ミスリル鉱山って聞いたことがあるような……？　まさかあれ、全部魔獣のうんち……っ⁉」

「いやいや、自然にある環境魔力で変質するミスリルの方がずっと多いぜ？　世の中に出回ってるミスリルのほとんどはそっちだろ」

「そうなの⁉　じゃあなんで全部のミスリルが魔獣のうんちみたいな言い方したの⁉」

「……その方が面白いかなって」

「うーっ！」

ぷっくりと頬を膨らませたティアが、バシバシと俺を叩いてくる。とても可愛いが、とても痛い。うむ、からかうのはほどほどにしよう。

「とはいえ、今回俺が狙ってるのは、まさにそっちの方だ」

「え、何で？　わざわざそんなのを手に入れなくても、ミスリルなら普通に買えばいいじゃない！」

「それがそうもいかねーんだよ。確かにミスリルは金さえ出せば買えないこともねーけど、それだとどうしても純度が落ちるんだ。大してロックワームの腹で作られたミスリルは、余計な不純物が一切混じらない純ミスリル塊！　そいつで武器を作ると……フフフ、ちょっと凄いのができるぜ？」

「ほう？　純ミスリル……それは流石に知らなかったな」

「そ、そうなんだ……あれ？　それひょっとして私のも……？」

感心するアレクシスとは裏腹に、ティアの表情は相変わらず冴えない。そしてその不安は当然ながら的中している。

「そうとも！　ロックワームの腹に溜まった宿便……もといミスリルで作る最強の武器！それがここでしか手に入らないお宝ってわけだ」

「いーやー！！！」

ティアの悲痛な叫びが宿の室内に響き渡るが、こればっかりは譲れない。これから先を
……俺がいなくなった後の未来を考えるなら、優れた武器は絶対に必要なのだ。

「ガッハッハ！　強くなるなら糞でもなんでもいいではないか！」

「嫌よ！　うんちの武器なんて！」

「諦めたまえティア。確かに純ミスリルとなると優れた武器ができそうだ」

「うう……ならアレクシスも持つのよね？」

「ん？　何を言ってるんだ。僕にはこの聖剣があるだろう？」

「ズルい！　ねえエド！　エドはそんな酷いことしないわよね？」

「任せろ。最高の武器を用意してやる」

「うわーん！」

最高の笑顔でポンと肩を叩いた俺に、ティアが世の不条理を噛みしめて泣く。その後も耳やほっぺたを引っ張られるとか、膝を後ろからカクッとされるなどの陰湿な嫌がらせを受けはしたが……五日後。俺達は遂にロックワームを退治するために坑道へと踏み込むことになった。

「ううう、私の人生で一番気が進まない仕事だわ……」

「いい加減に切り替えんか！　筋肉が泣いておるぞ」

「筋肉は泣かないわよ！」

アトルムテインの町に隣接した、大きな銀山。その暗く冷たい坑道の中に響くのは、何とも場違いな会話。

「そのくらいにしておきたまえ。で、エド。方向はこちらでいいのかい？」

「はい、大丈夫です」

じゃれ合うティアとゴンゾの二人に呆れ声をかけつつ問うアレクシスに、俺は自信を持って頷く。そんな俺は左手に地図を持ち、そしてクルリと返した右手の上には、見慣れた追放スキル〈失せ物狂いの羅針盤〉が存在している。

そう、今回の作戦のため、俺は皆に〈失せ物狂いの羅針盤〉を、鞄と同じく「特定の魔獣の位置を探すことのできる魔導具」として紹介したのだ。

その上で近くの森などで実際に何匹も魔獣を探して倒し、その効果が十分信頼に足るものだと証明した。

その結果として、この鉱山には今は俺達以外の人はいない。今日一日限定とはいえ、アレクシスが全労働者の避難を勇者権限で押し通してくれたのだ。

正直、これはかなりでかい。何も知らない炭鉱夫をロックワームとの戦闘に巻き込む可

能性がなくなっただけでもその恩恵は計り知れないし、何より俺の追放スキル……という名の魔導具の存在を隠す必要がない。もしその辺に普通に働く労働者がいたならば、案内一つですら随分と気を遣う必要があったことだろう。

なお、地図を手に持っているのは流石に〈旅の足跡〉の力はどうあっても教えられないからだ。正確な地図は高度な軍事機密なので、そんなのを一個人が手にできるとなれば、いかに勇者パーティの一員とは言えとんでもなく面倒なことになるのが目に見えてるからな。

「にしても、山の中にいる魔獣の場所まで探知できるとは、実に便利な魔導具だな。小僧にしか使えんというのが不便と言えば不便だが……」

「エドって色んなものを持ってるのね。その鞄もそうだけど、一体何処で見つけてきたの？」

「んー？　そりゃ勿論秘密さ。何せ俺の人生最大の大当たりを引いた場所だからな」

「だろうな。その二つだけでも売れば城が建つのではないか？」

「そうだね。もしお金で手に入るのなら、僕ならその倍出しても惜しくない」

「世界にはまだまだ私達の知らないものがあるのねぇ。ねえエド、別に凄くなくてもいいから、何か面白い魔導具とかないの？　もしあったら売ってくれないかしら？」

「面白い⁉　そいつはまた難しい……っと、その分岐は左に行きましょう。どうやらそっちに動いてるみたいです」

ティアの無茶ぶりに応えるのは些か以上に難しいため、俺は適当に誤魔化しつつロックワームが今いる場所への進路を選択していく。坑道とはいえ昨日まで普通に人が働いていた場所なので、道はしっかりしているし魔導具の照明も規則的に配置されているので、歩く分には何の問題もない。

そうして順調に進んでいくと……程なくして俺達は、目的地となる行き止まりへと到着した。

「行き止まり、か。ということはロックワームはこの向こうにいるのかい？」

「え、それじゃどうするの？　まさかここからロックワームまで穴を掘っていくとか？」

「ガッハッハ！　ワシの筋肉の出番のようだな！」

「いや、その出番は永遠に延期する方向でお願いします……そして、穴を掘る必要もない。見てな？」

ムンッと力こぶを作ってみせるゴンゾのオッサンを軽くスルーし、俺はティアにニヤリと笑ってから突き当たりの岩肌をコンコンと叩いてみる。うん、これなら簡単に崩れたりはしないだろう。なら……

「セイッ！」

俺は岩壁《がんぺき》に向かって思いきり蹴《け》りを放つ。が、当然ながらただの蹴りで岩壁がどうにかなったりはしない。

「ちょっとエド、何してるの⁉　そんなことしたら足を怪我しちゃうわよ⁉」

「何だ、やはり筋肉で穴を掘るのか？　フッフッフ、いいだろう。たまには若い筋肉に任せるのも、年長者たる者の務めだからな！」

「だから筋肉は違《ちが》いますって！　大丈夫だからまあ見ててくれ……セイッ！」

二度三度と蹴りを繰り返し、しかし岩壁に変化はない。それは勿論、俺みたいな大した力もない男の蹴りで岩壁がどうにかなるはずがないという常識的な部分もあるが……今回はそれとはちょっと違う。

「……おいエド、いい加減に――」

「これで……どうだっ！」

一見無駄《むだ》な俺の行動にアレクシスが痺《しび》れを切らしたまさにその時、最後に炸裂《さくれつ》した俺の蹴りが深く鋭《するど》い衝撃《しょうげき》となって鉱山の中を走って行く。追放スキル〈円環反響《オービットリフレクター》〉で溜めに溜めた衝撃を、指向性を持たせてまっすぐに打ちだしたのだ。

するとどうなるか？　その答えはすぐに向こうからやってくる。

「おぉ？　何だこの揺れは⁉」

「獲物は釣り上げました！　来ます！」

「総員、戦闘態勢！」

俺が急いで壁際を離れると、すぐにアレクシスが聖剣を抜き、ゴンゾのオッサンが自分の体を盾にするように俺達の一歩前に出る。肩から流した僧衣一枚しか身につけていないゴンゾではあるが、魔法の明かりに照らされたその筋肉はテラテラと輝いており、どんな金属よりも硬いんじゃないかと思わせてくれる。

「GYUOOOOOOO!!!」

「むぅん！！！」

金属が擦れ合ったときのような鳴き声と共に飛び出して来たのは、ティアを丸呑みできそうなほどに大きなロックワームの口。だが硬い鉱石すら噛み砕いてしまうギザギザの歯を、ゴンゾのオッサンは生身で正面から受け止める。

「征くぞエド！」

「おう！」

それを確認した俺とアレクシスは、左右に分かれてロックワームの横を駆け抜ける。そうして壁際まで辿り着くと、ロックワームの体に深々と剣を突き刺した。

「GYUOOOOOOO!!!」

「へへっ、これで引っ込めねーだろ」

「ティア！」

「任せて！」

前に進むにはゴンゾのオッサンが邪魔となり、かといって後退するには突き刺さった剣が邪魔になり、無理に引っ込もうとすれば口の左右が真っ二つに裂けることになる。進退窮まるロックワームが必死に体をのたうち回らせていると、そこにアレクシスの指示を受けたティアが渾身の精霊魔法をぶち込むべく準備を進める。

「炎を宿して渦巻くは赤く輝く夕日の槍、鈍の光を纏めて貫く一対四指の精霊の腕！　貫き引き裂き燃やして絶やせ！　ルナリーティアの名の下に、顕現せよ、『ヴォルガニック・ランサー』！」

ティアの詠唱が終わると同時に、ゴンゾの脇をすり抜けて真っ赤に輝く二本の炎の槍がロックワームの口内へと吸い込まれた。精霊の力を借りた灼熱の槍は単に直進するだけでなく曲がりくねったロックワームの体内に沿って突き進み、その頭から尻まで完膚なきまでに焼き尽くすべく飛んでいく。

「GYUOOOOOOO!?」

肉の焼け焦げる臭いに合わせて、悲痛な叫びをあげたロックワームが口が裂けることすら厭わずその身を穴の中へと引っ込めた。そのせいでぱっくりと裂けた傷口からはダクダクと血が流れているが、人で言うなら頬が切れたようなもの。猛烈に痛いだろうが、致命傷にはほど遠い。

そしてティアの精霊魔法も、流石にロックワームの巨体を完全に焼き尽くす程の力はない。このまま見逃せば口を引き裂かれ内臓を焼かれたロックワームは大怪我をしたとはいえ致命とはほど遠いまま壁の中へと逃げおおせ、俺達には手出しのできない場所でのんびりと休暇にしゃれ込まれることになるわけだが……

「悪いな。ここで見逃す気はねーぜ！」

「エドっ⁉」

躊躇うことなくロックワームの口に飛び込んだ俺に、背後からティアの声が届く。が、俺はそれを無視して〈追い風の足〉を起動。周囲全てが柔らかい肉であることにあかせて、体当たりしながら強引にロックワームの体内を進んで行く。するとその中程まで進んだところで肉壁の一部にぼこっと盛り上がっている部分を見つけた。

「休みたかったんだろ？　なら永遠に休ませてやるぜ……血刀錬成！」

腰の鞄からナイフを取りだし、俺は右の手首を切り裂く。それと同時に体内で

〈見様見真似の熟練工（マスタースミス）〉を発動すれば、流れ出た血がそのまま赤く錆（さ）び付く刃（やいば）となった。切れ味なんざゴミみたいなもんだろうが、今は尖（とが）ってて長けりゃそれで十分！

「こいつで……トドメだっ！」

生み出した刃を、俺は盛り上がった部分……ロックワームの心臓に向けてまっすぐに突き刺す。すると周囲の肉がビクビクと痙攣（けいれん）し始め、おおよそ三〇秒ほどでその動きが止まった。

「へへッ。柄（え）がなくなっちまったから『薄命の剣（はくめい）』は作れねーが、ま、このくらいならな。貫けぬもの、あんまりなし！　俺の勝ちだミミズ野郎（やろう）！」

自分の傷を急速に癒（い）やす追放スキル〈包帯いらずの無免許医（リジェネレート）〉を発動して手首の傷を癒やしつつ、俺は焦げ臭（くさ）く生臭（なまぐさ）い魔獣の腹の中で、一人勝ち名乗りをあげるのだった。

「エド！　ねえエド！　お願い、返事をして！」

「おいおい、そんなに叫ばなくても聞こえてるって」

「エドっ！」

ぐにゃぐにゃと曲がりくねったロックワームの体内を上ったり降りたりしながら外に出

ると、血塗れになった俺の体にティアが飛びついてくる。内臓はこんがり焼かれていたので粘液とかは平気だったが、心臓を突き刺したときに吹き出した血だけはどうしようもなかったのだ。

「凄い血だけど、大丈夫なの⁉　怪我してない⁉」

「あ、ああ。平気だ。これ全部返り血だし」

「そう、よかった……って、エドの馬鹿！　何であんな無茶したの！」

ホッとした表情を見せるもつかの間、すぐにティアの目が吊り上がり、思いっきり俺を叱りつけてくる。その気持ちはわからなくもないが、とはいえここは反論したい。

「いや、別に無茶じゃねーって。ティアの精霊魔法で内臓は焼かれてたんだから、むしろ突っ込むのが正解だ。じゃなきゃ今頃こいつは穴の中にまんまと逃げおおせてるところだぜ？」

「それは……そうかも知れないけど。でも――」

「でもはなしだ。俺は確実にいけると踏んでたし、逆にここで逃したら次がないとも思ってた。だから自分にやれる全力で当たって、ロックワームを倒した。心配かけたのは悪いと思うけど、この選択が間違ってたとは思わねーよ」

「むぅ……わかったわ」

　俺の言葉に、ティアが渋々(しぶしぶ)ながらも引き下がる。ティアだって戦いに身を置く者なんだからその辺の判断はわかってるはずなんだが、それでも感情を表に出すのは……何だ？　ひょっとして俺が頼(たよ)りないからだろうか？　そう考えるとちょっと申し訳ない気がしなくもない。ぬぅ、精進(しょうじん)せねば。

「それで？　首尾(しゅび)はどうだったんだ？」

「フッフッフ、それは勿論(もちろん)……この通り！」

　期待を込めた視線を向けてくるアレクシスに、俺は満面の笑みを浮かべながら鞄(かばん)経由で〈彷徨い人の宝物庫(ストレンジャーボックス)〉を起動し、目の前に銀色に輝く金属塊(きんぞくかい)を取りだしてみせる。するとアレクシスとゴンゾは勿論、ティアもまた微妙だった表情を一瞬(いっしゅん)で輝かせ、興味深そうにそれを見つめてくる。

「うわぁ、綺麗(きれい)！　これが純ミスリル塊？　あ、でも、綺麗だけどこれ……アレなのよね……何か複雑」

「ふーむ、あれほどの巨大(きょだい)な魔獣でこの程度の大きさなのか」

「いや、十分だろう。この大きさの純ミスリル塊なんて、僕でも初めて見たよ」

「でしょうね。これを人為的(じんいてき)に作ろうと思ったら、とんでもない手間と金がかかりますから」

俺が地面に置いたのは、一抱えもある大きさの純ミスリル塊。持った感じではおそらく五〇キロほどあり……端的に言って大収穫だ。

「アレクシスが見たことないって……これ、どのくらいの価値があるの？」

「んー？　そうだな……未加工とは言え純ミスリル塊は超がつく貴重品だから、これだけあれば城が買えるんじゃねーか？」

「お城⁉　そんなに高いの⁉」

「まあな。ここまで純度が高い塊だと、むしろ下手な武具に加工してあるよりも高くなるし」

これを使って作られる武具は当然ながら最高級品となるが、そこには剣なり鎧なりを打つ鍛冶師の腕が当然影響する。しかも一度できた品を鋳つぶして使うとなるとどうしても不純物が混じってしまうため、超一流の鍛冶師が打った逸品を除けば、こういう貴重な素材はむしろ素材のままの方が高価だったりするのだ。

そんな俺の説明に、ティアが「アレなのに……アレのくせに……」とブツブツ呟きながらツンツンと純ミスリル塊を指でつつく。そんな子供みたいなティアをそのままに、俺は改めてアレクシスの方に向き直り声をかける。

「ということで勇者様。やっと手に入れたこいつの使い道なんですが……」

「わかっているとも。これほどの素材だ。僕の方で最高の鍛冶師を手配しよう。そうすれば――」

「いえ、それなんですけど……可能であれば、何処かで工房を借りられませんか？」

「ん？　それは君に鍛冶師の伝手があるということかい？　確かにこれを求めていたのなら、それを打てる鍛冶師を知っているというのは納得できるが……」

「いえ、そうではなくて。今まで機会がなかったのでお伝えしませんでしたけど、実は俺、鍛冶にもちょっと自信があるんですよ」

「…………は？」

いい具合の笑みを浮かべて言う俺に、アレクシスが珍しく間抜けな声をあげた。


「ほほぅ、こいつはいいな」

名状しがたい表情で俺を見たアレクシスの計らいにより、俺はアトルムテインにある小さな工房を一つ借り受けることができた。念のため使用料を聞いてみたりしたのだが、「仲間の使う武器を作ってもらうのに、そんなもの取るわけないだろう？」とちょっと馬鹿にした感じで言われたので無料である。うむ、無料は素晴らしい。

もっとも、「ただし、素材を無駄にするような半端な物を作ったりしたら、それ相応の覚悟をしてもらうよ？」と念を押されもしたので、気を抜くことはできない。俺は早速工房の中に入ると、中の様子を確認していく。

「炉もきっちり手入れされてるし、道具も揃ってる……これ予備とかじゃなくて誰かが日常的に使ってる場所だよな？　本当に借りて大丈夫だったのか？」

「ええ、問題ありません。勇者様から十分な報酬はいただいておりますし、何よりあのロックワーム！　あんなものが退治されずにいたならば、この町は取り返しが付かないほどの大惨事に見舞われたことでしょう。その感謝を思えばこの程度のことは何でもありませんよ」

丁寧に設備をチェックしていく俺の独り言に近い呟きに、扉の鍵を開けてくれた人がニコニコしながらそう答えてくれる。労働者を避難させた件と違って、この様子なら無理を通した感じではなさそうだ。

ま、アレクシスは必要ならば権力を振るうことを厭わない反面、そうじゃなければ普通に筋を通す奴だからな。金は有り余ってるから即金で払ってるだろうし、自分の関係する工房で勇者の仲間が持つ武器が作られた、なんてのはいい感じの自慢話になるだろうから、お互いにとっていい取引だったんだろう。

「では何か足りない物がありましたら、役場の方に直接ご連絡ください。勇者様の案件ということで、最大限配慮させていただきます。

また燃料などの消耗品に関してもこちらにご連絡いただければ契約解除時のまとめ払いにて対応させていただきます。ただし鍛冶ギルドの方に依頼された場合は、管轄が違うため先払いが必要になることもありますので、その旨ご了承ください」

「わかりました。ありがとうございます。大事にお借りします」

そう言って俺が頭を下げると、案内の人は俺に鍵を手渡してからぺこりと一礼して工房を出て行った。これでこの場に残ったのは俺一人……ではない。

「で、これからどうするの？」

「どうするって、そりゃこいつを加工するんだけど……本当に見てるのか？」

俺の隣にいるのは、何故か楽しそうな顔をしているエルフのお嬢さん。好奇心に瞳を輝かせる様は、まるでとっておきの玩具を前にした子供のようだ。

「自分で言うのも何だけど、見て楽しいようなもんじゃないぞ？」

ティアが鍛冶を嗜むというのなら、他人の技術を見るのも勉強になるだろう。が、当然ティアの細腕が金槌を振ることはない。だというのに俺の親切心をティアはピコピコと耳を振って否定する。

「あら、何が楽しいかを決めるのはエドじゃなくて私でしょ？　大丈夫。邪魔はしないし、もし飽きちゃったら勝手に帰るから。それならいいでしょ？」

「まあ、うん。それならいいけど……あ、でも、炉に火を入れると室内がスゲー暑くなるから、絶対無理はするなよ？　もし留まるなら飲み過ぎだと思うくらい水分を取れ。あと鍛冶に集中してる時は話しかけても反応しねーと思うから、帰る時は外から鍵をかけて帰ってくれ。鍵はそのまま持ってっちまっていいから」

「え？　そしたらエドはどうするの？　お出かけの時に困らない？」

「はは、そのくらいはどうにでもできるさ」

　城の宝物庫とでも言うならともかく、単なる民家の鍵なんてどうとでもなる。ちょっと手間をかければ普通に鍵開けもできるし、何なら〈半人前の贋作師〉で予備の鍵を作ればあっさり開け閉めできるだろう。鍵なんて見た目と形が全てだしな。

「どうにでも、ねぇ……エドって本当に何でもできるのね」

「んなこたーねーよ。できねーことだって幾らでも……いや、むしろできねーことの方がずっと多いさ……この手はいつだって取りこぼしてばっかりだ」

　ティアの笑顔が、ふとあの日看取った最後の笑顔と重なる。まだ訪れていない、そして二度と辿り着かせない未来を憂うことに意味があるのかはわからないが……その苦い記憶

が俺から消えることは決してない。

「……エド?」

「……何でもねーよ。さて、それじゃ一丁やりますか!」

パンパンと頬を叩いて気合いを入れると、俺は〈彷徨い人の宝物庫〉から純ミスリル塊を取り出し、それを床に置いて炉に火を入れる。ミスリルを溶かすのにそれほどの高温は必要ないが、その特性を最大限に引き出すには温度管理そのものは極めて重要だ。

「熱すぎると緩くて形にできねーし、冷たすぎれば溶け方にムラが出る。ミスリル内部の魔力の馴染み具合を見て都度最適な温度にしてやらねーとだからなぁ……チッ、魔導炉がありゃ簡単なんだが」

内部の温度を自在に調節できる、全世界の鍛冶屋垂涎の品、魔導炉。だがそれがあるのはもっとずっと先に行く予定の高度に文明が発達した世界であり、ここではどうやっても手に入らない。

要はない物ねだりなわけで、ただの愚痴だ。自嘲気味に軽く笑ってから、俺は目の前の炉に意識を集中させる。

くべるのは鍛冶用の特別な石炭。高い温度が出たり熱する際に金属に移る不純物が極めて少なかったりする代わりに繊細な温度調節は難しい。ここでも〈見様見真似の熟練工〉

が役に立ってくれるが、かといってスキルに頼り切るようじゃ本当に良い物は作れない。

あくまで趣味の延長とはいえ、鍛冶もまた俺が長い時間をかけて身につけた技術の一つなのだ。

「……よし、いいだろう」

頃合いを見て、俺は手に入れたミスリル塊を炉に入れる。そうして適度な温度まで熱すると、素早く取りだして温度が下がらないうちに適切な力で鎚を打ち付ける。

作るのだ。未来を。変えるのだ、結末を。二度と仲間を失わなくてすむように、運命を切り開く武器を、運命から逸脱した俺の手で作り上げる！

一打ち一打ちに魂を込める。それは追放スキルの補助を超えて俺の体力と精神力を削っていき、顔から滴る汗が落ちた瞬間、ジュワッという音を立てて蒸発する。

だがどれほど過酷な状況だろうと、俺は手を休めない。あの日見たティアの顔を思えば、何百何千と鎚を振り下ろすことなど苦労でもなんでもない。

最高を、最強を。俺はただひたすらにミスリルを打ち続けた。

＊＊＊＊＊

『ルナリーティアより見る』：弾む鎚音、踊る耳

カン、カン、カンと音が響く。その強く高い音に最初は思わず耳をギュッと掴んでしまったけれど、慣れた今となっては楽しげな音楽のように私の耳をくすぐってくる。

強く、弱く、高く、低く。同じような音なのに一つとして同じものはなく、その一つ一つが産声のように世界に響き、そしてすぐに溶けて消えてしまう。それが何だか楽しくて、私はうっとりとその演奏に聞き入ってしまう。

カン、カン、カンと音が響く。一心不乱にそれを奏でるのは、私よりずっと年下の人間の男の子だ。勇者アレクシスと互角に戦い、私でも見たことも聞いたこともない不思議な魔導具を持っていて、今は鍛冶に熱中している。

一体どうして、二〇年しか生きていない人がこれほどの技術を、道具を持っているのだろうか？　不思議不思議、とっても不思議。どれだけ見つめても興味が尽きなくて、私はじーっとその男の子のことを見つめ続ける。

カン、カン、カンと音が響く。初めて私を見た時、何故か突然泣き出した男の子。初めて私が見た時、何故か胸が締め付けられるような懐かしさを覚えた男の子。

わからない。わからない。わからないけど、嫌じゃない。いつも私を驚かせて、楽しませて、笑わせてくれる。だからこうして一緒にいるだけで、じんわりと心が温かくなる。鎚を打つ音に合わせて、私の心も躍っている。

カン、カン、カンと音が響く。それに合わせて、私も踊る。故郷の父さんには「お前の耳は口よりも多弁だな」なんて笑われたことがあるけれど、こういう時は便利だと思う。音に合わせて優しく揺らせば、座ったままでも楽しくダンスができるから。

カン、カン、カンと音が響く。ずっと年下の男の子は、今度はどんな風に私を驚かせてくれるんだろう？　キュッと上がってしまう口元を隠しながら、私はじっとその時を待つ。

カン、カン、カンと音が響く。幸せを告げる鐘の音のように。

カン、カン、カンと音が響く。まどろむ子供を目覚めさせるように。

カン、カン、カン……カン、カン、カン……生まれておいで、鋼の子供。父の想いがタップリ籠もったいたずらっ子のお目見えは……きっともうすぐだ。

＊＊＊＊＊

「ふうううううう………」

一つ大きく息を吐いて、俺はようやく肩から力を抜いた。心地よい疲労感……と言うにはあまりにもクタクタだが、やり遂げたこの気持ちは嫌いじゃない。

この工房に籠もって、六日目の朝。俺は遂に全ての武器を作り終えた。鍛冶の常識を知る人が聞けば「ふざけるな！」と怒鳴りたくなるような速度だっただろうが、そこは追放スキルが優秀だったことと、何より俺のやる気が半ば暴走するくらいの勢いだったのが原因だろう。

いや、マジで食事と睡眠以外は全部鍛冶に突っ込んだからな。ああ、気が抜けるとちょっとふらふらする。

「終わったの？」

「ああ、何とかな」

俺の集中が抜けたのを感じたんだろう。結局ずっと俺の仕事を見ていたティアに、俺はニヤリと笑って答える。

「てか、まさか本当にずっと見てるとはな……鍛冶のことなんてわかんねーだろうに、よく飽きなかったな？」

「あら、面白かったわよ？　これなら一ヶ月くらいは見てても飽きないと思うわ」

「一ヶ月って……」

相変わらずエルフの時間感覚はよくわからん。が、明らかに楽しげなティアの顔は無理してるって感じじゃないし、本人が楽しかったというのなら別にいいだろう。

「まあいいや。んじゃ軽く片付けたら、完成品のお披露目といこうぜ」

「休まなくていいの？　エド、ずっと集中して鍛冶をしてたのに」

「平気だって。実際に使ってもらって違和感があったら調整しなきゃだから、むしろ今すぐの方が楽なんだよ。全部終わったら目一杯休むしな」

実際疲れてはいるが、意識の方はむしろいい感じに研ぎ澄まされている。よっぽど時間がかかるならともかく、試し切りくらいならこのままやってしまった方が絶対にいい。

「わかったわ。じゃ、私も片付け手伝うわね」

「おう、頼むよ」

そうして俺はティアと二人で大雑把に片付けを終えると、アレクシス達のいる宿へと向かい、二人に声をかけた。幸いにしてアレクシスもゴンゾのオッサンも急ぎの予定はないとのことで、その足でみんな揃って町の外に出ると、街道から少し外れた平地にやってくる。

「本日はお忙しいなかお集まりいただき、ありがとうございます。それでは我が工房の自信作をお披露目させていただきます」

「わー！」

三人を前に恭しく一礼した俺に、ティアが完成をあげて拍手をしてくれる。ゴンゾのオッサンも上機嫌に微笑んでおり、アレクシスは相変わらず挑発的な視線を向けてくる。

「で、一体どんな武器ができあがったんだい？　この僕の仲間に持たせるのだから、それなりの品質のものができたのだろうね？」

「ああ。最高の物ができたぜ」

いつもなら謙遜するところだが、今は武器が完成した勢いもあって俺は堂々とそう言い放つ。するとアレクシスが少しだけ意外そうな顔をしていたが、今はそんなことより俺の作った武器を見せることの方が重要だ。

「じゃ、まずはこれを、ゴンゾのオッ……様に」

そう言って俺が最初に〈彷徨い人の宝物庫〉から取りだしたのは、艶のない鈍色をしたゴツい籠手。それを渡されたゴンゾのオッサンは、しかし不思議そうに籠手を見つめている。

「これは……籠手か？　随分と変わった形に見えるが……？」

「そうね。こんなに手が露出してたら防具としては駄目じゃない？」

「ははは、そうだなティア。でもこれでいいんだ。さ、着けてみてください」

「む、こうか？」

そう言ってゴンゾのオッサンが身につけた籠手は、手首から肘の近くまではきっちりと金属で覆われているのに対し、手の部分はほとんど剥き出しで金属部分は手の甲にしかない。指の動きを阻害しないというのは籠手ならば必須の条件だが、そもそも指を一切守らないというのは防具としては失格だろう。

だが、それでいい。何故ならこれは防具ではないからだ。

「ゴンゾ様の拳は下手な金属よりもずっと頑丈ですから、ミスリルではそれを補強する効果は期待できません。なのでこれはその拳の力を最大限に発揮できるように調整した武器なんです。ゴンゾ様、試しに魔力を込めてみてもらえますか？」

「こうか？　おぉぉぉぉ⁉」

俺の言葉に従ってゴンゾのオッサンが籠手に魔力を込めると、鈍色だった籠手が白く輝き、その拳が淡い光に包まれる。これはよく鍛えた鋼の中に純ミスリルを神経のように張り巡らせることで武具としての強度と魔力による強化を両立させた結果だ。

ちなみに、普通のミスリルだとこうはいかない。同じ効果を発揮させるためにはミスリルの比率を大きく上げねばならず、そうなると武具というより装飾品の類いになってしまうため、ゴンゾのオッサンには使いづらい物になっていたことだろう。

「ワシの拳が光っておるぞ!? 遂に我が筋肉は光る領域へと至ったのか!?」

「……その領域はわからないですけど、腕全体から効率よく魔力を収束させることで、拳打の威力を倍……とまでは言いませんが、それに近いくらいまで上昇させることができるはずです。後で試してみてください」

「倍だと!? よしわかった、では早速試してみよう!」

「えっ!? いや後で……」

俺が止める間もなく、ゴンゾのオッサンが近くにあった適当な岩を殴りつける。するとゴスンという思い音が辺りに響き、拳を叩き込まれた岩が一瞬遅れてガラガラと音を立てて崩れ去った。

「これはいいな! ワシの拳も傷一ついておらんぞ!」

「いや、威力が向上するだけで、別に拳が頑丈になる効果は……あの、ゴンゾ様? 俺の話聞いてます?」

「わははは! ほれほれ、ドンドン行くぞ!」

俺の声はむなしく虚空に消えてしまったらしく、ゴンゾのオッサンは楽しそうに次々と手近な岩を殴り壊していく。まるで子供のようなはしゃぎっぷりだが、やっていることは結構な自然破壊である。

「あの、勇者様？　ゴンゾ様はどうすれば……」

「ハァ、あれはそのままでいい。それでエド、次は何だ？　まさかあれ一つで終わりではないんだろう？」

「あ、はい。じゃあ次はこれを」

そう言って次に取りだしたのは、眩しい程の白い鞘に収められた細剣だ。実用品なので煌びやかな装飾などはないが、ただ素材の美しさだけでどんな芸術品よりも目を引く逸品である。

「細剣？　意外、エドは普通の剣を使うと思ってたけど」

「何言ってんだ？　これはティアのだよ」

「えっ⁉　私⁉」

「そうだよ？　てか何で驚いてんだ？　作ってるところ見てただろ？」

「そりゃ見てたけど、私はあくまでエドが鎚を振るってる姿を見てたんであって、何を作ってるかはあんまり見なかったのよ。だってできあがる前に完成品がわかっちゃったら面白くないじゃない！」

「何だそりゃ？　まあいいや、ほい」

よくわからない楽しみ方をしていたらしいティアに、俺は鞘に収まったままの細剣を渡

す。だが受け取ったティアは手の中のそれをまじまじと見つめるだけで、なかなか抜いてみてはくれない。

「どうした？　早く抜いてみてくれよ」

「あ⁉　そ、そうよね。じゃあ失礼して…………………」

特殊な加工をすることで表面に粉を吹いたような質感を生み出す白鉄の鞘は、油を垂らしたわけでもないのにわずかな音すら立てずに剣を抜き放たせる。そうして現れた刀身は静かな銀色を湛えており、それを持つティアはまるで絵画の英雄のようだ……ポカンと口を半開きにしていなければ、だが。

「綺麗……」

「だろ？　それも勿論、ただの細剣じゃねーぜ？　何か簡単な精霊魔法を使ってみな？」

「う、うん……うわっ⁉」

ティアが集中して軽く口をモゴモゴ動かすと、細剣の刀身が淡い緑色に包まれ、刀身の周りに渦巻く風がうっすらと視える。

「えっ？　えっ⁉　嘘⁉　すっごく弱い魔法だったのに、視覚化するほど風が集まるなんて……⁉」

「へっへっへ、どーよ？」

純ミスリルを材料にしたからこそ実現できた、魔力に対する圧倒的な親和性と保持力。それにより基本的には飛ばして使うしかない精霊魔法を付与魔法の如く剣に留め、その力を増幅した上で再び飛ばしたり斬撃に乗せたりと色々できるようにしたのだ。

「ほら、斬ったものが燃えたり凍ったりする魔剣ってあるだろ？　あの手の剣は普通最初に付与した属性しか使えねーけど、これならティアの精霊魔法でその時に必要な属性にできるんだよ。

　ただし剣としての強度はかなり低いから、使うときは弱くてもいいから必ず何かの精霊魔法を宿らせてくれ。ああ、勿論それとは別で、使う前に耐久力増加の付与魔法をつけるのも忘れるなよ？」

「えっ⁉　この剣って他の付与魔法が乗るの⁉」

「そういう風に作ったからな。流石に属性系の付与をされちまうと他の属性が乗るかはわかんねーけど、それ以外なら大抵の付与魔法は乗るはずだ。つってもさっきも言った通り、耐久力を上げないとあっさり折れるだろうから、基本的にはそれ一択だけどな」

　ティアの使える多様な精霊魔法を万全に受け入れられるようにするため、この細剣はほぼ全てを純ミスリルのみで作っている。が、ミスリルは脆いというか柔らかい金属なので、このままでは全く以て実戦では使えない。

それを補うために耐久力増加か、あるいは時点で切れ味増加の付与魔法をつける必要があるのだが、俺は魔法を使えないのでその加工はできないのだ。

「だからまあ、あれだよ。最後の一手間はティアがかけてやってくれ。そうしたらその剣は本当に完成だ」

「そっか、そうなんだ……ありがとうエド。これ、大切にするわね」

大切な宝物を抱きしめるように、ティアがギュッと細剣を抱きしめる。その満ち足りた微笑みを見られただけでも、俺が頑張った甲斐があったってもんだ。

「さて、と……じゃ、これが最後です」

軽く仕切り直しつつ、俺は最後の武器を鞄経由の〈彷徨い人の宝物庫〉から取り出す。するとそれを見た二人……ゴンゾのオッサンはまだ少し遠くではしゃいでいる……が訝しげな声をあげる。

「え、何それ？」

「刃のない直剣……というより、柄のついたミスリルの棒といったところか。まさかとは思うけど、これで殴るわけじゃないだろうね？」

そんな二人の反応も無理はない。俺が持っているのはアレクシスの言う通りのものであり、剣の柄の上、本来刀身があるべき場所には四角い棒がまっすぐに伸びているだけなの

だ。確かにこれだけ見たら、単に持ちやすい棒という感想しか抱けないだろう。

　だが、だからこそ俺は内からこみ上げてくる笑(え)みを堪(こら)えきれない。この剣の真の姿を見た二人がどんな反応をするのか……

「エド？　もったいつけてないで早く教えてよ！」

「おっと、すまん。じゃあ今からこの剣の真の姿を見せてやろう。いくぞ……」

　俺は手にしたミスリル棒の剣をまっすぐに構える。実はこの仕組みだけは鍛冶場でも試しておらず、小さな塊(かたまり)でちょこっと実験をしただけなのだが……この手応えならいける！

「羽ばたけ、銀翼(ぎんよく)の剣！」

　そう言葉にしながら、俺は手にした剣に〈見様見真似の熟練工(マスタースミス)〉の力を発動させる。すると棒の片側が鋭(するど)く薄(うす)く刃を形成していき、その分のミスリルが反対側の部分に集まって鳥の羽のような翼(つばさ)を形作る。

　初回ということで五秒ほどかかったが、最終的には銀色の羽は六枚となり、刃の部分は一般的(いっぱんてき)な剣と大差ない厚さ、鋭さとなった。

「よっしゃ、成功だ！」

「これは……っ」

「うわ、うわ！　何それ凄(すご)い！　ズルい！　格好(かっこ)いい！」

俺の手にした銀翼の剣の姿に、アレクシスは絶句しティアは興奮して剣に顔を近づけてくる。

「おいティア、危ないから剣に顔を近づけるなって」

「ねえエド！　どうして剣の形が変わるの⁉　それ私の剣にもできないかしら⁉　こう、びゅーんって矢みたいに刀身が飛んでいくとか！」

「俺の話聞いてるか？　まあ色々と条件が整えば……いや、無理だな。刀身を飛ばすのはティアじゃねーとできねーけど、刀身を補充するのは俺じゃなきゃ無理だし。てかそんな仕掛けをつけたら精霊魔法を溜める機能がなくなるうえに、普通の剣としては一切使えなくなるぞ？」

刀身が飛ぶ剣は確かに意表を突けそうだが、俺が思いつく作り方だと超絶劣化した弓にしかならない。ティアは普通に弓の腕もいいので、そんなものを持たせる意味はそれこそ皆無だ。

「うっ、そうなんだ。それじゃ確かに意味がないわね……」

「なあエド、その刀身が変化するのにはどんな意味があるんだい？　まさか本当に格好いいからなんて理由で作ったわけじゃないんだろう？」

「あ、はい。これは斬りたいものに合わせて刃の角度というか、薄さを任意に調整できる

ようにしてるんです。薄い方が良く切れますけど、その分刃こぼれしやすいですから」

剣の刃は薄ければ薄いほど切れ味を増すが、それに比例して脆くなる。なので通常なら自分の剣の腕と相談して刃こぼれせずに最大の切れ味を維持できる薄さを追求すればいいんだが、せっかく純ミスリルが手に入ったのに、そんな普通の剣を打つのは面白くない。

そこで俺が考えたのが、この「切り札となる必殺の剣」と「日常で使える丈夫な剣」という矛盾した存在を両立させる「銀翼の剣」だ。〈見様見真似の熟練工〉によって即時の変形が容易なミスリル……しかも純ミスリルが手に入ったからこそ成し得た奇跡の一本であり、羽ゼロの鈍器から一二枚の最薄状態までの一二段階切り替えは俺の中でも会心の出来だ。

なお、一二枚まで展開した状態では「薄命の剣」のように一振りで刃が砕けるが、切れ味そのものは「薄命の剣」の二歩手前くらいだ。その二歩が果てしなく遠い差なのだが、まあこれで切れないようなものは滅多にないだろう。

「斬りたい相手の硬さを見極め、最適な鋭さを実現する剣！　おまけに多少刃こぼれしても余剰分で即座に修復できるんで、継戦能力も抜群！　どうです勇者様、凄い剣でしょう？」

「……そう、だね。確かに素晴らしい剣だ」

ここぞとばかりにドヤ顔を決める俺に、何故かアレクシスが若干表情を暗くして言う。何だろう？　自分より目立つ剣を使うなみたいなことか？　ここは触れずに流しておくことにしよう。

「さ、それじゃせっかくだし、俺もちょっと試し切りしてみるかな」

「私も！　私もやりたい！」

「いや、だからティアのは付与魔法をかけるまでは駄目だって言ったろ？」

「はっ、そうだった⁉　で、でもでも、私だけ試さないのは……ねえアレクシス、この辺に付与魔法の使える人っていないの？」

「どうだろうね？　ここで作られてるのは主に食器だけど、それでもこれだけの町だ。一人か二人くらいはいるだろうけど……その人物の腕がどうかまでは保証できないね」

「やめとけティア。せっかくだから勇者様に最高の術士を紹介してもらった方がいいと思うぞ？」

付与魔法のかけ直しは絶対不可能というわけではないが、剥がして付けるを繰り返すとどうしても効果が落ちてくる。金と時間が許すならという前提はあるが、貴重な装備に使うなら最初から最高級というのが基本だ。

「うぅぅぅぅぅぅぅ……………わ、わかった。我慢するわ」

細長い耳をヘンニョリと垂れ下がらせ、見てて可哀想なくらいティアが落ち込んだが、こればかりは俺にもどうしようもない。むぅ、この状況で俺だけ試し切りするのは些か気が引けるけど、予期せぬ不具合がないか確かめるためにも、今やっとく必要はあるし……ここは心を鬼にして全力で目を逸らそう。

俺は羨ましそうな目でじーっとこっちを見ているティアを意識の外に追い出し、近くに落ちていた石を一つ拾って軽く上に放り投げる。そしてその落下に合わせて……

「フッ！」

短く息を吐きながら、俺は「銀翼の剣」を振り抜く。六枚羽……要は一般的な剣と同じくらいの厚みの刀身だが、ポトリと地面に落ちた石は見事に真っ二つになっていた。

「ふむ、まあこんなもんだな」

刀身の方は特に問題なし。石の断面も綺麗なものだ。これなら骨ごと両断とはいかずとも、関節を狙えば大抵の魔獣は切れるだろう。

「なら次は……一二枚だ」

剣を手に、俺は〈見様見真似の熟練工〉を発動する。さっきよりもいくらか早く変形を終えた「銀翼の剣」は、刀身の背に一二枚の羽を生やす代わりに触るだけでも切れてしまいそうなほどに刃が薄く研ぎ澄まされる。

「いい薄さだ。これなら……フッ！」

今度もまた適当な石を拾って放り投げ、落ちてくるところを振り抜く。すると今度は分かたれることなく石が地面に落ち、その衝撃を受けて初めて二つに割れた。

完全な無音で、小さな破片の一つすらこぼれない。地に落ちるまで斬られたことに気づかなかった石を拾い上げれば、その断面は磨かれたようにツルツルだ。

「よーしよしよし！　これなら金属鎧や頭蓋骨だって真っ二つにできるだろ！　で、こっちは……あー……」

その切れ味の代償として、刀身が大きく欠けている。細かいヒビとかではなくぱっと見でわかるほど刀身が割れてしまっているので、普通の剣ならこの時点でもう使い物にならない。

が、それもまた想定内。一旦全ての羽を回収してミスリル棒の状態に戻してから再度羽を展開すれば、そこには刃こぼれ前の美しい刀身が蘇った。

「ミスリルの消費量も想定内……これなら間に合わせには十分だな」

刃を厚くするにはその分だけミスリルがいるので、最薄状態で刃を欠けさせ続ければやがて厚めの刃は再現できなくなる。

なので現実的には最薄状態を一〇〇〇回も振れば通常の厚さとなる六枚羽は再現できな

くなるだろうが、最薄状態だけに絞るなら更に追加で一〇〇〇回振れる。一〇〇〇回までなら普段使いもでき、その後も一〇〇〇回使える切り札だと考えれば十分だ。

「ふむ」

と、そこでいつの間にやらこっちにやってきていたアレクシスが、俺の呟きを聞きつけて小さく声をあげる。そのまま足下に落ちていた石の片割れを拾い上げると、その断面を見て涼しげな目を僅かに細めた。

「実に見事な切り口だ。まさか僕に迫る剣の腕を持っている君が、これほどの鍛冶師でもあったとは……一体どれだけの手札を隠しているんだい？」

「ははは、俺はそんなに大した者じゃ――」

「エド。僕は勇者だ」

「っ……」

静かな、だが有無を言わせぬ迫力を込めた口調に、俺は一瞬言葉に詰まる。それは今までの俺が……ただひたすらに追放され続け、最後まで何かを成し遂げることのできなかった俺がどうしても持ち得なかったものだ。

「僕の目も耳も、決して節穴というわけじゃあないんだ。君は今、この剣を間に合わせと言ったね？　なら君が目指しているのはどんなものなんだい？」

「あー、それは……言っちゃうと、何でも切れる剣って感じですかね」

「ほう。鍛冶師ならば誰もが一度は夢見るような剣だね。ただそれが実現したという話はついぞ聞いたことがない。だがエド、君はひょっとして、そんな剣を作ったことがあるんじゃないか？」

「……何故、そう思われるので？」

「ハッ。君が自分で言ったんだろう？　これほどの切れ味を誇る剣を『間に合わせ』だとね。通過点や試作品というならともかく、間に合わせという言い方をするのであれば、君は少なくともこれより優れた剣を作ったことがあるということだ。

にも拘わらずそれを作らなかったというのは……何が足りなかった？　時間？　材料？　それとも環境かい？」

「………一番の問題は、材料ですかね。機会に恵まれなければ金を積んで手に入るようなものじゃないんで」

かつての切り札であった「薄命の剣」を作るには、かなり特殊な材料が幾つも必要となる。そしてそれらは俺が無数の異世界を巡りながら集めていったものなので、現段階ではどうやっても手に入らない。

勿論もっといい設備や鍛冶に費やせる時間も必要だが、完全にどうしようもないのは間

違いなく素材だ。だからこそこの「銀翼の剣」を打ったわけだが……これが新たな挑戦であると同時に妥協の産物であることも、俺には否定することができない。

「そうか………なあ、エド。君に話したいことがあるんだ。今夜一人で僕の部屋まで来てくれるかい?」

不意にアレクシスが俺の耳元に顔を寄せ、俺にだけ聞こえるような小声でそう話しかけてくる。ビックリして体を離しそうになってしまったが、そこはアレクシスががっちりと俺の肩を掴んでいる。

「俺に話したいこと……ですか?」

「ああ、君にだけ……君一人にだけ話したいことがある。皆が寝静まった頃に訪ねてくれ。待っているよ」

「……わかりました」

いつもの飄々とした様子とは大分違う思い詰めたアレクシスの表情に、俺は首を傾げつつも頷く。するとアレクシスは何事も無かったように俺の側を離れ、未だに暴れ続けているゴンゾのオッサンに声をかける。

「おい、ゴンゾ!　そろそろ町に戻るぞ!」

「ガッハッハッハッハ!　あー、もうか?　ワシはもう少しコイツを試していきたいのだ

が……」

「馬鹿を言うな。いくら街道から離れているとは言え、地面を穴だらけにしていいわけがないだろう！」

「むぅ……」

「全く……さあ、ティアにエド。二人も戻るぞ」

「あ、はい。行こうぜティア」

「うん……ねえエド、さっきアレクシスに耳打ちされてたけど、何を言われたの？」

先頭を歩くアレクシスと、その後ろを渋々付いていくゴンゾのオッサン。それに遅れて俺とティアが並んで歩いていると、ティアがさっきのことを聞いてきた。

「ん？　ああ、あれは……あれだよ。この剣に値段をつけるとしたらいくらくらいになるかって言われて、俺にしか使えない剣だから値段はつかないって答えたんだ。実際俺以外が持ったらただの脆い剣だしな」

「ふーん？　アレクシスも変なこと聞くのね。その剣を量産でもしたかったのかしら？」

「はは、どうだろうな。どっちにしろコイツは純ミスリルじゃないと作れねーから、量産なんて最初から無理さ」

特に秘密と言われたわけじゃないが、それでもわざわざ耳打ちで「俺だけに話を――」

なんて言われたのだから、公にするべきじゃない。

そんな俺の気持ちを察したのか否か、とにかくティアは思った以上にあっさりと引き下がり、それ以上に聞いてくることはなかった。

その後は町に戻ると、俺は流石に疲労でそのまま寝てしまった。起きたのは夕方で、俺は世間的には早めの夕食を腹一杯に食べ、自室でもう一度軽く剣の調子なんかを確かめつつ時間を潰し……そして夜。他の二人が寝静まった頃を見計らってアレクシスの部屋を訪ねると、ノックした俺をアレクシスが自ら扉を開いて招き入れてくれた。

「入りたまえ」

「失礼します」

儀礼的なやりとりを交わして、俺はアレクシスの部屋に入る。俺の部屋よりやや広いそこは、然りとて殊更に豪華というわけでもない。まあ一般的な宿だと高級な部屋といってもこの程度なんだろう。

「それで？　俺に話とは、一体どんなことでしょうか？」

「フッ、随分とせっかちだな。お茶くらいは出すから、少しそこに座って待っていたまえ」

そう言ってアレクシスが視線で指し示したのは、部屋に据え付けてある円いテーブルセット。二脚あった椅子の片方に腰を下ろして待っていると、程なくしてアレクシスがティ

ーセットを持ってきて、俺にお茶を振る舞ってくれた。

「飲むといい。宿にあったものだから味の保証まではできかねるがね」

「いただきます……ふぅ」

湯気の立つ紅茶は、普通に美味い。一口飲んで落ち着くと、それを見たアレクシスが徐に口を開いた。

「話というのは、他でもない。実は君に見てもらいたいものがあるんだ」

「見てもらいたいもの、ですか。別に構いませんけど、なんですか？」

「それは………これだ」

一旦席を立ったアレクシスが、壁に立てかけてあった一本の剣を持ってくる。飾り気のない白い鞘に収まったそれは、アレクシスの代名詞とも呼べる剣。

「勇者様、これは……っ⁉」

「構わないから、抜いて見てくれ」

「は、はい……」

勇者の武器、聖剣。それを抜いて戦っているアレクシスの姿は数限りなく見てきたが、実際にそれに手を触れるのは初めてだ。というのもアレクシスは自分以外の誰かが聖剣に触れるのを極端に嫌い、分をわきまえない無礼者が相手ならば手首を切り落とすことすら

あったほどだ。

そんなものを渡されれば、俺としても緊張する。神の作った不壊の剣だというのだから傷などつくはずもないのだが、それでも俺は丁寧に鞘から剣を抜きだして、その刀身をじっくりと観察………ん？

「どうだい？」

「そう、ですね。流石聖剣というか、とてもいい剣だと思いますけど……」

「いい剣、か。正にその通りだ。ならば聞き方を変えよう。エド、その剣は君から見て『凄い剣』かい？」

「それは………………」

実際に目にした聖剣は、確かに素晴らしい剣だった。鋼にミスリル、アダマントなどの複数の金属を目的ごとに使い分けて作られており、これ一本打つだけで通常の剣を一〇〇本打つよりもずっと手間がかかるであろうことが推測できる。

いい剣だ。間違いなくいい剣で、素の俺の腕じゃ逆立ちしたって打てない剣だ。だがもし、俺が〈見様見真似の熟練工〉を全力で使うなら――

「フッ、やはりわかるのか。そうだ、それは紛うことなき名剣ではあるが……聖剣ではない。人の手によって作られた究極の剣ではあるが、神によって生み出された奇跡の剣では

ないのさ」

「…………………」

そう言って薄く笑うアレクシスに、俺もまた言葉を失う。まさかアレクシスの持っていた剣が聖剣じゃないとは……ん？　と言うことは一周目の時もアレクシスは聖剣を持ってなかったのか⁉

「え、じゃあ本物の聖剣は？　というか、そもそも本物が存在してるんですか？」

俺の問いに、アレクシスは力なく首を横に振る。

「わからない。少なくとも僕は、聖剣が何処にあるのかを知らないんだ。ただ勇者が聖剣を持っていないという情報は、国民を不安にさせ魔王軍を勢いづかせる要因となる。なのであくまでも本物が見つかるまでの代用品として、その剣を聖剣ということにして使っていたんだ」

「なるほど、それは確かに……」

勝負事において、自分を大きく見せるのは鉄則だ。実際の聖剣がどのくらい強いのかはわからねーが、それを持っている勇者と持っていない勇者なら、そりゃ持ってる方が強く警戒されるだろう。

「だが、最近それにも限界を感じてきていてね。君の見立て通りこれはとてもいい剣だが、

正直なところ今の僕には少々物足りないものになってしまっている。

けど、この剣は僕の知る限り最高の技術で作られたものだ。これ以上の剣を作れる職人を僕は知らない……知らなかった、今日この日まで」

そこで一端言葉を切ると、アレクシスがテーブルの上に体を乗り出しながら俺に問いかけてくる。

「なあエド、君が皆のために作ってくれた武器は、本当に素晴らしかった。故に僕は思ったんだよ。君なら……君ほどの腕の持ち主ならば、この剣よりも素晴らしい剣を作れるんじゃないか?」

「それは……時間と素材があればいけるとは思いますけど」

俺の見立てでは、偽聖剣(にせせいけん)の完成度は極(きわ)めて高いながらも、ごく普通の汎用(はんよう)武器であった。であれば俺が追放スキルを十全に使い、潤沢(じゅんたく)な素材とたっぷりの手間をかけてアレクシス専用の剣を打てば、これより強い剣はおそらく作れる。

「やはりそうか。ならば……」

そんな俺の言葉を聞いて、アレクシスが席を立ち、俺の前で深く頭を下げる。俺の知るアレクシスでは考えられない行動に驚愕(きょうがく)するなか、アレクシスが絞り出すような声で言葉を続ける。

「頼む、エド。場所も資金も素材も、必要とするものは全て僕が用意してみせよう。だから僕のために……僕が勇者であるために、僕に剣を打ってくれないか？」

「いやいやいやいやいや！　そんな、やめてください！　アンタ……じゃない、勇者様はそういう感じの人じゃないでしょう？　俺に頭を下げるなんて……」

「……君が僕をどう見ているのかは置いておくとして、必要ならば頭くらい下げるさ。僕の敗北は人類の敗北。僕が万人にとっての勇者であり続けるためなら、このくらい何てことない」

「そりゃまあ……いや、でも……」

「エド、君ならわかるだろう？　僕よりも年下なのに、それだけの剣や鍛冶の腕を身につけている君なら、神に愛され、力を与えられた者の責務を。

　僕は特別だ。僕が欲すれば何でも手に入る。僕が望めば何でも叶う。だからこそ僕は、皆が僕に欲する平和を、皆が望む希望に溢れた未来を実現しなければならない。皆の理想たる勇者であり続けるためならば、僕は……」

　そこで言葉を切ると、アレクシスはその場で膝を折り、床に頭を押しつけた。他国の王を前にしてすら片膝をつくまでしかしなかったアレクシスが、俺に土下座したのだ。

「頼む。僕を『勇者』にし続けてくれ」

「…………」

その言葉に、態度に込められた覚悟の強さに、俺は思わず言葉を失う。だがそれはアレクシスの態度に対してではなく、俺自身の見る目のなさに絶句したからだ。

一周目の時、アレクシスは何処までいってもいけ好かない王子様で、勇者様でしかなかった。自分以外を見下して偉そうにしている「神に選ばれた勇者様」……それが俺のアレクシスに対する印象だ。

それは確かにその通りだろう。だが決してそれだけの男じゃなかった。自分が特別であることを自覚し、特別に相応しい自分であるようにきちんと努力をする男だったのだ。

てか、考えてみりゃ当たり前だ。力をもらって調子にのってるだけの奴が、最後の最後で自分の命を投げ捨てて仲間を助けたりするはずがない。俺の異世界追放巡りの旅で最初に出会ったこの男は、神に選ばれたからではなく、神が選ばざるを得ないほどに本物の勇者なのだ。

「すみません。その依頼は受けられません。俺の剣は勇者様には相応しくありませんから」

「ぐっ……そ、それは流石に思い上がりが過ぎるんじゃないかい？」

俺の言葉に、顔を上げたアレクシスが苦々しげな表情でこちらを睨み付けてくる。だがその怒りの籠もった眼差しに対し、俺はニヤリと笑って答える。

「おっと、勘違いしないでください。勇者様が持つなら、俺の打った剣なんかよりずっと相応しい剣があるってことです。現れろ〈失せ物狂いの羅針盤〉」

俺の呼び声に応えて、俺の手の上に握りこぶしを二回り大きくしたくらいの十字形の金属枠が出現する。

そう、俺の作った剣じゃ勇者アレクシスには足りない。だってそうだろ？　神の力を分け与えられた人間が打った剣より、神本人が創った剣の方がどう考えたって凄いに決まってる。

「捜し物は……本物の聖剣だ。さあ、何処に在る⁉」

その問い掛けに、金属枠のなかに白い靄が湧き出す。そこには俺が見たこともない剣が映し出され……それが消えると同時に赤い羅針が方角を示す。

「エド？　今のは……というか、まさかそれは、誰も見たことのない、実在するかすら定かじゃないものすら捜せるのか⁉　数え切れないほどの調査員に世界中を捜させてなお見つからなかった聖剣の場所すら……っ⁉」

「みんなには内緒ですよ？」

驚愕に目を見開くアレクシスに対し、俺は悪戯っぽく笑いながら唇に人差し指を立てて押し当てる。

どんなものの場所でもわかるというのは、〈旅の足跡(オートマッピング)〉と同じくらい圧倒的な利用価値がある。だからこそ俺は〈失せ物狂いの羅針盤(アカシックコンパス)〉の能力を偽装(ぎそう)していたのだが……ここまでの覚悟を見せられたら、応えないのは男じゃない。

だが、もしこの力をアレクシスが誰かに話したら。いや、誰かでなくてもアレクシス自身が自国の利益のために使おうと思えば、俺の身柄(みがら)はあっさり拘束(こうそく)されることだろう。それが嫌(いや)だから追放スキルのことは極力秘密にしてきたわけだしな。

それでも、俺はアレクシスに告げた。それはアレクシスの覚悟に対する誠意。かつてのただの荷物持ちであった俺には決して聞くことのできなかった本音を、対等な旅の仲間として吐露(とろ)してくれた信頼(しんらい)に対する答え。もしこれで裏切られたなら……その時は思いっきり馬鹿にして逃(に)げ出してやろう。

「ということで勇者様。聖剣の場所への道案内は必要ありませんか？　今なら格安でお引き受けしますよ？　お題は……そう、魔王を倒(たお)して世界を平和にするってところでいかがでしょう？」

「エド、君は……フッ、わかった。その報酬(ほうしゅう)、必ず払(はら)うと約束しよう。この僕(ぼく)を聖剣のところまで連れて行ってくれるかい？」

その目に強い力を宿らせ、顔を上げたアレクシスが言う。俺は自分も席を立ち、そんな

アレクシスの腕を掴んで半ば強引に立ち上がらせると、今度は自分が頭を下げる。

「承りました。では、俺が勇者様を――」

「アレクシスだ」

「きっちり……はい？」

「だから、アレクシスだ。この僕が頭を下げた相手を、ただの荷物持ち扱いするつもりはない。ゴンゾやティアと同じく、君は僕の……勇者アレクシスの真の仲間だ。ならば名前で呼べばいい。そうだろう、エド？」

「……ああ。任せてくれアレクシス。アンタが俺を真の仲間だと言うのなら、俺はアンタを真の勇者にしてみせる！」

アレクシスが差し出した手を、俺はガッチリと握り返す。この日俺は、遂にアレクシス達全員の本当の仲間となった。


そうして真なる聖剣の入手という新たな目的を得たことで、俺達は早速動き始めた。俺の〈失せ物狂いの羅針盤〉では方角しかわからないので、まずは保存食など旅に必要な消耗品を入念に準備し、勇者アレクシスの名前を使って高名な付与術士にティアの剣に

付与魔法(エンチャント)を施(ほどこ)してもらうことも忘れない。

そんな準備に一ヶ月ほど費やしてから、俺達はようやく聖剣を求める旅に出発した。

まあ旅と言っても、〈失せ物狂いの羅針盤(アカシックコンパス)〉が指し示す方向にひたすらまっすぐ進むだけだ。時には山や森、沼地(ぬまち)などの険しい地形を迂回(うかい)することもあったし、目的地と勘違いして入った洞窟(どうくつ)が単なる行き止まりだったりしたこともある。

そんな苦労を重ねること、更に三ヶ月。遂に俺達は目的地と思われる場所に辿(たど)り着くことができた。

「うわ、マジか」

そこは霧(きり)の立ち込める深い森を抜けた先。急にぽっかりと木が生えていない広場のような場所が現れたと思ったら、その中央に石でできた台座があり、そこには思いっきり剣が刺(さ)さっている。まず間違いなくあれが聖剣だろう。

「確かに伝説では聖剣は石に刺さっていると聞いていたけれど……まさか本当に刺さっているとはね」

「ワシとしては、むしろこんなところに野ざらしになっている聖剣が何故(なぜ)今まで誰にも見つけられなかったかの方が不思議なのだが」

「あー、確かに。全然隠れてねーもんなぁ」

霧深い森の中に広場があるというだけで目立つのに、こんなあからさまに剣が突き立ってたら馬鹿でも気づく。勿論ここに通じる道があるわけではないので目的を持って見つけるのは難しいだろうが、逆に森を探索していた人物が偶然見つける……というのはあり得そうだ。

が、そんな俺の素朴な疑問にティアがあっさりと答えてくれる。

「ああ、それなら森全体に惑わしの精霊魔法がかかってたわよ」

「へ、そうなのか？　いやでも、そんなのがかかってたらそれこそ目立つんじゃね？」

人を迷わせるような魔法がかかった森なんて、何かあると全力で主張しているようなもんだ。そんな場所を誰も調べない理由こそが思いつかなかったが、首を傾げる俺にティアがニヤリと笑って言葉を続ける。

「そうね、凄く目立つでしょうね。でも森の魔法を解くと、今度は生えている木の何割かにかかってる別の魔法が発動するようになってたのよ。で、幻を突破したと思っている人達を、如何にも何かありそうな湖に導いていたみたい。ほら、さっき通ったでしょ？」

「ああ、あったなそんなの」

ティアの言葉に、俺はここに来る途中で通り過ぎた湖のことを思い出す。

森の中なのに落ち葉一つ沈んでいない透明な水を湛える、真円の湖。あからさまに怪しかったのだが、俺の〈失せ物狂いの羅針盤〉がそこに聖剣はないと告げていたので、俺達はそれを特に調べることもなく通り過ぎていた。

「迷いの森を抜けた先にあんなのがあったら、誰だってあそこに何か秘密があると思うでしょ？　実際精霊の力が満ちている感じだったから、あの水には特別な力があったと思う。あれで回復薬とか作ったらそれだけで高い効果が得られるんじゃないかしら？

　ただ、それを持ってると精霊の力が干渉してこの場所までは辿り着けないようになってたんだと思う。エドの案内で先があるって知ってなかったら、多分私も気づかなかったと思うわ」

「なるほど。魔法を解除した先には、ちゃんとそれに見合った報酬がある。だがそれを手にすると真なる最奥には辿り着けないと……そりゃ騙されるわ」

　何処の誰が仕組んだのか知らないが、なかなかの悪辣……いや、狡猾さだ。とはいえ肝心の勇者すら辿り着けないのはやり過ぎだと思うが。

「なあアレクシス。お前なんか知らなかったの？」

「……姿隠しの森の奥に、清浄なる泉あり。その最奥には勇者の力が永き眠りについている」

「知ってるのかよ！　ならなんで捜さなかったんだ？」

「捜したさ。最奥……つまり湖の底をね。そうして見つけたのがこれさ」

思わず突っ込んだ俺に、アレクシスが鎧の首元から金の鎖に繋がれたアクアマリンのペンダントを取りだして見せてくる。

「これには身につけた者の傷を癒やす力があってね。僕自身がここに来たのは初めてだけど、調査隊がこれを持ち帰ったことでその話は完結させてしまっていたんだよ。まさかその先に本物の聖剣が眠っていたとはね……」

「あー……」

疲れたように苦笑するアレクシスに、俺もまた言葉を失う。まあ、うん。そうだよな。困難を突破し、言い伝え通りに探索していい感じのお宝が手に入ったら、そりゃ納得するよなぁ……いやでも、本当に何で勇者まで騙すんだ？

「ちなみにだけど、実はさっき、湖の精霊が少しだけざわついてたの。多分アレクシスがいる状態であそこで足を止めると、精霊が何か教えてくれるんじゃないかしら？　今回はエドが答えを知ってるみたいに進んじゃったから何もなかったけど」

「おぉう、そういうのもあったのか……何かごめん」

「くっ、そうか。実際に僕が行かなければ反応しない……考えてみれば当たり前だ。だが

僕だって世界中をくまなく歩き回るほどの時間はない。つまりこれは、僕が勇者として取捨選択を誤ったということか……」

ティアの話すネタばらしに、アレクシスが悔しそうにその顔を歪める。だが本人の言う通り、ノーヒントでそれに気づけってのは流石に無茶だろう。

「何て言うか、あれだ……頑張れ、な？」

「うるさい！　そんなこと君に言われるまでもないさ！」

俺がポンとアレクシスの肩を叩くと、アレクシスが心底嫌そうな顔で俺の手をペチンと打ち払う。だがその気安い対応こそが、俺とアレクシスが打ち解けた証だ。

「今更かも知れないけど、エドって本当にいつの間にかアレクシスと仲良くなったわよね？　何かあったの？」

「フッフッフ、男の友情ってのはある日突然芽生えるものなのさ」

「おお、いいことを言うなエド！　そうとも、全裸で筋肉と筋肉を触れ合わせれば、その瞬間から筋肉仲間なのだ！」

「ええ、エドとアレクシスって、そんなことしたの……？」

「してねーよ！　てか何だよ筋肉仲間って⁉　オッサン、適当なことを言うのも大概にしとけよ⁉」

「ガッハッハ！　筋肉は全てを解決するのだ！」

あの日アレクシスに認められてから、俺はアレクシスと普通に会話するようになった。するとそれを聞いたゴンゾのオッサンが「アレクシスと普通に話す男が、ワシにだけ丁寧に話してどうするのだ！　寂しすぎて筋肉が泣くぞ！」と喚いたので、今の俺は勇者パーティの全員と普通に話すようになっている。

……が、勿論筋肉は関係ないし、触れ合ってもいない。「白い世界」に戻される度に体の時間が巻き戻る俺としては、鍛え上げた肉体に対する憧れというのは割とあったりもするのだが、それとこれとは全く別の話だ。

「てか、もういいからさっさと抜けよアレクシス！」

「うむ……いや、そうだ。なあエド、試しに君が抜いてみてくれないかい？」

「は⁉　何で俺？　別にいいけど」

軽い口調とは裏腹にちょっと真剣な目をするアレクシスに勧められ、俺は石に突き立った聖剣の柄を握り、全力で引っ張ってみる。が、当然のように聖剣はびくともせず、「そんなまさか、俺にも隠れた勇者の適性が⁉」みたいなことは起こらない。

なお、聖剣を刺さった石ごと〈彷徨い人の宝物庫〉にしまうことはできそうな気がしたが、それをやると色んな人に本気で怒られる気がしたのでやめておいた。やっぱスゲーな

追放スキル。問答無用が過ぎるだろ。

「んぎぎぎぎ……こりゃ駄目だ。抜ける気がしねー」

「そう、か……君ならもしやと思ったんだが」

「はは、そんな『もしも』は勘弁だぜ。勇者なんて柄じゃねーや」

「なら次はワシだな！」

「あ、私もやってみたい！」

苦笑して剣から手を離した俺を見て、ゴンゾのオッサンとティアが次々と名乗りをあげる。そうしてまずはゴンゾのオッサンが剣を掴むと、その丸太の如く太い腕にビクンビクンと血管が浮かび上がるほどの剛力が込められる。

「ぬぉぉぉぉぉぉぉぉ！」

そのあまりの気合いに、ひょっとしたら強引に聖剣を抜いてしまうんじゃないかという考えがちらっとだけ頭をよぎったが、どうやらこの世界の秩序は理不尽な筋肉に屈しなかったようだ。

「ぬぅ、ワシの筋肉でも抜けんとは……」

「もし抜けたらそれはそれで駄目でしょ……ティアもやるのか？」

「当然やるわよ！　こういうのって記念だし！」

「なるほど、そう言う考え方もあるな」

アレクシスが聖剣を抜いてしまえば、もうここには「抜けない聖剣」が存在しないことになる。ならば聖剣チャレンジができるのは今だけであり、確かにこれはレアな体験かも知れん。

「それじゃいくわよ……ふんっ！」

耳の先まで真っ赤にしながら、ティアが聖剣の柄を握る手に力を込める。が、ゴンゾのオッサンの理不尽筋肉ですら小揺るぎもしなかった聖剣が、ティアの細腕で抜けるはずもない。

「はー、やっぱり駄目ね。じゃ、最後はアレクシスよ！　サクッと抜いちゃって！」

「あ、ああ……」

笑顔で場所を譲るティアに、アレクシスは珍しく緊張気味な表情を浮かべて聖剣の前に立つ。そうして聖剣の柄を両手で握ると、二度ほど大きく深呼吸を繰り返してからその腕に力を入れていき……

「あ、動いた！　凄い、抜けてきてる！」

「うぉぉ！　頑張るのだアレクシス！」

「いけ！　やれ！　お前ならできるぞアレクシス！」

「ええい、静かにしたまえ！　まったく、勇者であるこの僕が真の聖剣を引き抜くという歴史的な場面だというのに、どうしてこう君達は……」

「あっ、もう抜けそう！」

「いくのだアレクシス！　一気にいけ！」

「聖剣ビビってる！　ヘイヘイヘイ！」

「何なんだ君達は⁉　フンッ！」

愚痴りながらも最後にアレクシスが力を込めると、遂に聖剣の先端がズルッと引き抜かれた。そうして遂に全貌を露わにした聖剣をアレクシスが掲げると、その体が突如として光に包まれる。

「これは……っ⁉　力が、溢れてくる……⁉」

「っ⁉　おいアレクシス、お前なんか浮いてねーか？」

「ええ……あ、本当だ！　ちょっとだけ浮いてるわ！」

「ワシにもできぬ空中浮遊を為すとは、聖剣の筋肉とはそれほどなのか⁉」

（聖剣の筋肉……っ⁉）

全く理解不能なことを口走るゴンゾのオッサンはひとまず無視して、俺はアレクシスに注目する。足下が床から数センチほど浮き上がり、まるで光の繭にでも包まれているよう

な状態だったアレクシスだが、体を覆う光が少しずつアレクシスの体内に吸収されていき……やがて全てを自分の内に収めると、アレクシスの体がストンと地面に降りた。

「………………」

「アレクシス？　どうした、何か問題があったか？」

「……ああ、いや、大丈夫だ。何の問題もない」

そう言いながら、アレクシスが近くの木に向かって横薙ぎに聖剣を振るう。するとその軌跡が輝く刃となって飛んでいき、大人の胴体ほどもある太さの木が三本くらい纏めて切り飛ばされた。

「うぉおい⁉　何突然大技使ってやがんだ⁉」

「……違う。今僕はただ剣を振るっただけだ。何か技を出すつもりなんてなかった」

「はぁ？　じゃあ何か？　パワーアップしたアレクシス様は、これまで必殺技として使っていたような力を軽く剣を振るだけで再現できるようになったってか？」

「そうらしいな。そうか、これが聖剣の、そして勇者の真の力か……」

戸惑いと興奮、その両方を混ぜ合わせた顔でアレクシスが手にした聖剣を見つめる。その手はブルブルと震えており、もしこいつがアレクシスじゃなければ突然手に入れた大きな力に戸惑っている……とでも勘違いできたところだが、生憎と俺の知る勇者アレクシス

はそんなに謙虚な存在ではない。

「悪いが、ここで少し訓練をさせてくれ。今のままだと無意識に力を発揮して、君達を危険に巻き込んでしまう可能性がある」

「いいわよ。でもそれならここよりも、惑わしの魔法の範囲外に出て魔獣を相手にする方がいいんじゃない？　この辺の敵ならそこまで強いってわけでもないし」

「そう、だね。確かにただ素振りをするより、実戦経験を積んだ方が早そうだ。そしてこの力を僕が使いこなすことができるようになったなら……」

　そこで一旦言葉を切ると、アレクシスが遙か森の外に視線を向ける。その金色の瞳には、まるで太陽の炎が宿っているようだ。

「魔境だ。この力があれば……いや、この力と皆の協力があれば、今まで挑むことすらできなかった魔境がきっと抜けられる。

　それに今なら、僕が新たな力を手に入れたことを敵には気づかれていないはずだ。魔境を抜けて、敵の隙を突く。今ならできるその両方をこなせれば……」

　アレクシスが、聖剣を天に掲げる。光の加減で白にも金にも見える聖剣が太陽の光を反射し、そのあまりの神々しさに、俺の胸に勇気の火が灯るのを感じる。

「魔王だ。今まで誰もが成し得なかった魔王討伐！　この聖剣に賭けて……一気に勝負を

決める！」

「おお、遂に行くのか！　フフフ、今から筋肉が疼くわい！」

「そうね、エドもいるし、今の私達ならきっと魔王を倒せるわ。ね？　エドもそう思うでしょ？」

「あ、ああ。そうだな」

　にわかに盛り上がる三人に対し、俺は曖昧な笑みを浮かべる。聖剣捜しの遠征のために蓄えた回復薬なんかはまだまだたっぷりあるし、アレクシスが真の勇者の力に目覚めたって言うなら確かに魔王を倒すことだってできるのかも知れない。

　それは全人類に対する僥倖であり……例外は俺ただ一人。

（ヤベェ、こんな一気に省略されたら、追放されるタイミングがねーぞ!?）

　皆が力を合わせようとしているなか、俺だけが逃げる算段を……途中でアレクシス達を捨てて「白い世界」へと帰ろうと画策している。

　正直、胸が痛い。だがその痛みより遥かに強く、俺は「家に帰りたい」という思いを抱いている。

　別れの時は、きっともう近い。その覚悟を、俺は一人でひっそりと胸に秘めていた。

第四章　訪れたのは、最悪の好機

「アレクシス、左！」

「フッ、問題ない！　『満月光剣(フルムーンスクレイパー)』！」

目の前の魔獣を切り飛ばしつつ、念のためにあげた俺の警戒の声を鼻で笑ったアレクシスが聖剣の力を込めた技を放つ。かつては三日月の如き斬撃を飛ばす技だったそれは今では丸く輝く白銀の光弾を撃ち出しており、その射線上にあるものは木だろうと魔獣だろうと悉く吹き飛んでいく。

「やっぱスゲーな、本物の聖剣……使い勝手は明らかに悪くなってるけど」

「それはまあ、否定しきれないね。だがここでならば何の問題もない……そうだろう？」

「まあな！　おりゃっ！」

俺達が激闘を繰り広げているのは、人と魔族の領域を隔てる魔境と呼ばれる広大な森。人の世界で使えばとんでもない環境破壊を引き起こす迷惑技も、ここであれば何の問題もない。それどころか辺りの見通しが良くなって戦いやすいとすら言えるくらいだ。

もっとも、最近知った情報として、この魔境では圧倒的に濃い環境魔力の影響により、これだけ木をぶっ倒したとしても数日在れば元に戻ってしまうようだ。

以前は莫大な時間と手間をかければ軍勢での突破もいけるんじゃないかと考えていたが、こうなると本当に少数でしか抜けられない気がする。数日でなくなる道を延々と作り続けるのは色んな意味で無理だろう。

(にしても、聖剣の力は本気でスゲーな。こりゃ封印されるわけだわ)

隣で戦うアレクシスの無双っぷりを横目で見ながら、俺はふとそんな事を考える。苦労を乗り越え相応の実力を身に付けた勇者本人があの場所に辿り着かないと手に入れられないという厳重な封印も、この能力を知れば納得だ。

(ただ選ばれただけの苦労知らずのお坊ちゃんが手にするにゃ、ちょいとばかし強すぎる力だもんな。はー、世の中上手いことできてるもんだぜ)

「エドー！　アレクシスー！　こっちも終わったわよー！」

「ガッハッハ！　この程度の雑魚でワシの筋肉を阻むなど、一〇〇年早いわ！」

「お、そうか。じゃ、ちょいと休憩にするか」

と、そこで背後で魔獣と戦っていたティア達も戻ってきたため、俺は〈彷徨い人の宝物庫〉から適当に野営道具を取りだして並べていく。以前に買った魔導具

のおかげで水は幾らでも出せるし、食料の備蓄もまだまだたっぷりあるのでケチることはない。

魔境に突入してから、既に一週間。常に危険に晒されているからこそ、こういうところでしっかりと英気を養うのは非常に重要なのだ。

「……あれからもう六ヶ月か」

安全のためこの辺の魔獣は狩り尽くしたということもあり、俺達は火を熾して湯を沸かし、温かい紅茶を飲んでいる。そうして湯気の立つカップを手にしたアレクシスが、ぽつりとそんなことを呟いた。

「六ヶ月前、君に出会わなければ……今頃僕達は何処で何をしていたんだろうね？」

「ん？　そうだな……あくまでも俺の予想だが、今頃だとトルッタ辺りで海賊退治とかしてるんじゃねーかな？」

「トルッタ？　ああ、そう言えば確かに、少し前にあの辺で海賊が暴れているという話を耳にしたような……相変わらず細かい情報を仕入れている男だ」

「へへっ、まーな」

苦笑するアレクシスに、俺もまた曖昧な笑みを浮かべて答える。俺達の行動こそ大幅に変わっているが、俺達が原因になっていない事件の発生時期は一周目の時とほぼ変わって

いない。もしも俺がただの荷物持ちであるならば、そろそろ人生初の船旅に漕ぎ出していたことだろう。

その場合俺達が倒さなかった海賊がどうなるのかはちょっとだけ気になるが、まあ国の軍隊とかが適当に倒すんだろうな。別に海賊は勇者じゃなきゃ倒せない敵ってわけじゃねーし。

「六ヶ月、六ヶ月かぁ……不思議。エドとはもっとずーっと一緒にいるような気がするのに、まだたった六ヶ月なのよね」

「ガッハッハ！　すれ違うだけの一〇年よりも、共に過ごした一日の方が記憶に残ることもある。時の長さなど大した意味はないのだ。ワシの筋肉のように高密度でなければな！」

「うぅ、多分いいことを言ってるっぽいのに、筋肉のせいでどうしても素直に受け入れられない……」

「何を言うか！　筋肉は素晴らしいぞ！」

「オッサンは相変わらずだな……ほらティア、紅茶のお代わりいるか？」

「わーい、ありがと」

相変わらずなゴンゾのオッサンと、笑顔で空いたカップを差し出してくるティア。そんな二人に視線を向ければ、二人もまた俺の方を見てくる。その目には深い信頼が宿ってお

り、決してただの荷物持ちに向けられるような視線ではない。それは実に温かくて光栄なのだが、それこそが目下の悩みの種でもある。

（マジでどうすっかな……）

ティアのカップにお茶を注いでやってから、俺は自分の手の中にある琥珀色の液体に視線を落として考え込む。

俺がこの世界を出るには、勇者パーティの一員として半年以上活動したうえで追放されなければならない。そのうち「半年以上の活動」というのは少し前にクリアしている。が、問題はもう一つ、「パーティから追放される」という方だ。

単に追放されることだけを考えるなら、方法なんて幾らでもある。酷い犯罪に手を染めるとか、何なら誰かの背中を刺して「実は俺は魔王軍の刺客だったのだ！」とでも叫んでゲハゲハ笑えば、順当に追放されることだろう。

が、そんな雑な手段を選ぶくらいなら、そもそも二周目なんてやってない。俺が目指すのはあくまで円満な追放なわけだが……そうなると途端に条件が厳しくなる。

真っ先に思いつくのは、一周目後半で常套手段だった仕事の手抜きだ。が、あれはある程度安全が確保された場所だからできるのであって、こんな敵地のまっただ中で仕事に手を抜くのは無理だ。

そりゃそうだろう。少しのミスが命取りの場所で、サボるために手を抜く馬鹿が何処にいる？　こんなところで手抜きをしたら「サボってる」ではなく「体調が悪いのではないか？」と心配されて逆に大事にされること請け合いだ。

無論それを続ければいずれは戦力外通知を受けて追放される可能性はあるが、それは流石に迂遠に過ぎる。というか普通にアレクシス達が危機に陥るのでそんな選択は取れない。

（うーん、いっそ前みたいにティアの着替えでも覗いてみるか？）

そんなアホな考えすら頭をよぎるが、あれはあくまでティアが弱い俺を守るために追い出す口実として持ち出したものなので、仲間として十分な強さを発揮している今、同じことをしても追い出されたりはしないだろう。

いや、こっちもスゲーしつこく覗きまくるとかすれば別だろうけど、変態呼ばわりされながら追放されていくのはちょっと……うん、俺の心が持たないのでそれはなしだ。

（となると、やっぱり妥当なのは旅を続けられないような大怪我を負うってところだな）

左腕一本くらいなら見逃されるかも知れないが、右腕かもしくは脚を一本落とせば、流石に皆と一緒に戦い続けるのは無理だろう。いざという時の帰還用の転移結晶は当然俺の分も用意してあるので、それを使って送り返されることになると思う。

（理想としては俺だけが敵の存在に気づいてる状態で、誰かを庇って怪我をするって感じ

だな。〈失せ物狂いの羅針盤〉と〈旅の足跡〉を組み合わせりゃ何とかなるか？　あるいは乱戦中にどさくさ紛れで――）

「ねえ、エド？」

「……っと、何だ？」

思案に耽る俺に、不意にティアが話しかけてくる。そちらに顔を向けてみれば、まん丸に見開かれた翡翠の瞳が俺のことをじーっと見つめてくる。

「このところずーっと、エドってば何か悩んでるわよね？　もう一ヶ月くらいになるし、そろそろ私に相談してみてもいいんじゃない？」

「っ⁉　な、何のことだ？」

図星を指されて、俺は思わず声をうわずらせてしまう。だが相談なんてできるはずもなく、無言を貫く俺をまっすぐに見つめ続けたティアが、程なくして不機嫌そうに顔をそらす。

「ふーん。まあいいけど。でも、私ってそんなに頼りにならない？」

「……何を言ってるかはわかんねーけど、頼りにならないってことはねーだろ。ティアにはいつだって世話になりっぱなしだぜ」

小さく笑いながら、俺はティアの頭をポンポンと叩く。するとそれに合わせるようにテ

イアの頬がプックリと膨らんでいく。

「むー、またそうやって子供扱いして！　私の方がエドよりずっとお姉さんなのよ！」

「へー、具体的には？」

「え⁉　えっと、エドは確か二〇歳なのよね？　なら八〇歳くらい？」

「婆ちゃんじゃねーか！」

「誰がお婆ちゃんよ⁉　エルフの一〇〇歳は、人間なら二〇歳くらいなんだから！」

「なら年上じゃねーだろ。つか下手すりゃ年下だろ」

「ぐぅう、ああ言えばこう言う！　ねえアレクシス、エドが酷いの！　私のこと子供扱いしていじめるんだから！」

「ハァ、こんな場所で何をやっているんだか……どうでもいいから大人しく体を休めておきたまえ」

「どうでもよくないの！　うわーん、ゴンゾー！　二人がいじめるー！」

「全く何をやっとるのだ二人とも！　このような年端もいかぬ娘をいじめるなど、筋肉が泣いているぞ！」

「ゴンゾまで⁉　私が一番年上なのにー！」

「はっはっは、ティアはやっぱり可愛いなぁ。飴いる？」

「いらないわよ！　フンだ！」

大きく鼻を鳴らして、むくれ顔のティアが膝を抱えてカップのお茶をチビチビと飲む。その姿がどうしようもなく愛おしくて、俺は内心で少しだけ寂しく笑う。

（ありがとな、ティア）

ここからどう転ぶにしても、別れの時は近い。何故ならもし万が一魔王を倒してしまったら、対の存在である勇者がどうなるかわからないからだ。

いや、勿論肩書きとしての勇者は一生ものだろう。だが俺の追放条件として世界が認める勇者であり続けるのか？　その疑問は魔王を倒してみなければわからず、そしてもし駄目だった場合は取り返しがつかない。

つまり、魔王を倒した後で勇者パーティを「解散」するのでは駄目なのだ。あくまでも旅の途中で「追放」されなければ、確実な帰還は望めない。

（時間はあとどれだけ残ってる？　一ヶ月？　二ヶ月？　それともあの聖剣のおかげで、もっとあっさり魔王を倒しちまったりするのか？）

笑い合う仲間達を、俺はどこか遠い目で見つめる。同じ場所に集い同じ敵と戦っていても、俺の目的だけが違う。どこまでいっても俺だけが部外者なのだという思いは、俺の心の奥底にずっしりとのしかかり続けている。

そしてそんな別れを、俺はこれからまた一〇〇回繰り返すことになる。その全てを終えた後にまたここに戻って結末を見ることができるのかはわからねーが……どっちにしろそこで終わりだ。三周目はない。

ならば今度こそ悔いのない別れと、憂いのない結末を。そのために今は自分に出来ることを精一杯やるしかない。

（ひとまずは魔境を抜けてから考えるか。その先がどうなってるのかわかんねーし、ひょっとしたらいい具合に追放される何かがあるかも知れねーしな）

「さて、それじゃそろそろ休憩もいいだろう。エド、出発するから片付けてくれ」

「了解」

まるで俺の内心を見透かしたかのようなアレクシスの言葉に、俺は出していた道具を片付け、そうして俺達は再び戦いへと身を投じていく。

無心で戦い続ければ、その間だけは悩みが忘れられる。戦えば戦うほど近づく結末から目を背け、時折心配そうな視線を向けてくるティアを意図的に無視し、「このままこの世界で生きていくのもいいんじゃないか？」という甘い誘惑を「生まれた世界に帰りたい」という身を焦がすような欲求で押しつぶしながら剣を振り回し……そして遂に、俺達は辿り着く。

「見ろよ、森が終わってるぜ⁉」

「おお、遂に魔境を抜けるのか！」

「やったわね！　ようやく――」

「……いや、喜ぶのはまだ早いぞ」

今まで誰一人として越えることを許されなかった魔境。それを抜けた先にはかつて見た平原が広がっており……

「……ははっ、結局こうなるのかよ」

そこには何故か、大地を埋め尽くすほどの魔王軍が立ち塞がっていた。

「フッフッフ、ようこそ勇者とその仲間達よ。待ちかねたぞ」

大軍勢の中から、艶めく漆黒の鎧に身を包んだ大柄な男がこっちに向かって歩み寄ってくる。威風堂々としたその態度は、そいつがただ者ではないことを如実に物語っている。

「これはまた、随分な歓迎だね。素通りさせてくれるとは思っていなかったけど……まさかここまで熱烈とは」

その男の言葉に、アレクシスが皮肉っぽい笑みを浮かべて答える。魔境での戦闘はとても隠せるものではなかったのでこっちの存在がばれているのは想定の範囲内だが、それでもこれだけ時期を前倒ししたにも拘わらず、ここまでの大軍勢が待ち構えているというの

は流石に予想外だ。

「フッ。魔王様は貴様等を決して侮ってはいない。だからこそこの数だ」

「おいおい、数を頼るのは弱い人間の専売特許だぜ？　お強い魔王の配下様が、俺達人間みてーな真似をするのかよ？」

「そうだ」

徴発するような俺の言葉に、その男は一切動揺することなくそう断言する。あー、これは口先だけで揺るがせるような雑魚じゃねーな。だがこうして無駄話に興じてくれる時点でまだこっちは侮られてる。ならつけいる隙は――

「言っておくが、転移結晶は使えぬぞ？　ここまで来て一太刀も交えず逃げ帰られては困るからな。少々手を打たせてもらった」

「……チッ」

俺は皆に手渡すつもりで取りだしていた転移結晶を、そのまま〈彷徨い人の宝物庫〉に戻す。ハッタリの可能性もあるが、こいつは貴重品過ぎて予備がない。撤退の切り札を試しに使ってみるなんて贅沢は、いくら勇者であっても許されていないのだ。

「……安心したまえ、勇者であるこの僕が逃げるわけがないだろう？　ま、仲間達はわからないがね。所詮は僕についてきただけの一般人なんだ、臆病風に吹かれたというのなら

逃げても構わないよ？」

「馬鹿を言うなアレクシス。ここで引き下がっては筋肉まで逃げてしまうわ！」

「そうね。そもそも逃がしてくれるとは思えないし」

「俺は…………」

「エド？」

言葉を詰まらせる俺に、ティアが不思議そうにこちらを見てくる。だがここだ、ここしかない。

「悪いけど、俺はここで抜けさせてもらっても構わねーかな？」

「なっ⁉」

驚愕に目を見開くアレクシスが、俺の方をまっすぐに見つめてくる。握った拳がわなわなと震えているが……その腕を振り上げ、殴りかかってきたりはしないらしい。

「そう、か…………いや、そういう判断ができるからこそ、君はここにいるのだろうね」

「うむ。若い命をあたら無駄に散らすこともあるまい。ならばワシらが戦っている間に、魔境の中に戻るのがいいだろう。距離を離せば転移結晶も使えるようになるだろうしな」

「エド、私は……」

「悪いなティア。もう決めたことなんだ」

泣きそうな顔をするティアに、俺は小さく笑って言う。そう、もう決めたのだ。ここが俺の、この世界での旅の終着点。

「ま、君一人くらいいなくなったところで、真の聖剣を手に入れた僕なら楽勝さ。だから好きにするといい」

「そりゃどうも。じゃ、言葉通り好きにさせてもらうぜ」

肩をすくめるアレクシスに、俺はニヤリと笑って一歩前に出る。

「エド？　そっちは――」

「なあアレクシス。お前の目的は何だ？」

「？　何って、それは勿論魔王を討伐し、世界に平和をもたらすことだ」

「だよなぁ。ならこんなところで足止め食ってる場合じゃねーだろ。ここは……俺が引き受けた」

腰から剣を引き抜いて、俺は魔王軍に向けて構える。だがそんな俺の行動に、再び仲間達の顔が驚愕に染まる。

「馬鹿な!?　エド、君が捨て石になるつもりか!?」

「捨て石にはならねーよ。勇者様の露払いは元々俺の仕事だろ？　確かに今回はちょいとばかし数が多いが、ま、何とかなるさ」

「馬鹿なこと言わないで⁉　エド一人でなんとかなるわけないでしょ！　ここはみんなで協力して――」

「ティア」

　すがりついてくるティアの肩を掴んで、俺はティアを引き離す。

「そうだな、勇者パーティは協力するべきだ。でも、もう俺は仲間じゃない。さっき好きにしろって言われただろ？　俺はもう仲間じゃない」

「ふざけないで！」

　目に涙を浮かべたティアが、俺の顔を見て怒鳴りつけてくる。そしてそんな俺に対し、今度はゴンゾのオッサンが声をかけてくる。

「いいのか？　そういうのは年長者であるワシの仕事だぞ？」

「それこそ馬鹿言うなよ。オッサンの筋肉と回復魔法は、ここから先絶対に必要だ。アレクシスが前衛で、オッサンが防御と回復、そしてティアが精霊魔法で攻撃と補助ってバランスでなり立ってるのが勇者パーティだろ？

　それは完成された連携で、誰か一人でも欠けたら駄目だ。ならいなくなるのは飛び入り参加の部外者……俺一択だろうが」

「む…………」

「違う！　そんなことない！　エドだって立派な私達の仲間じゃない！　何で今更そんなこと言うの！」

泣き叫ぶティアを無視して、俺は腰の鞄を外してアレクシスに投げ渡す。

「必要なものは大体全部入ってる。ただし俺の手を離れちまってるから、見えてる分がそのまま全部だ。考えて使え……って、アレクシスなら言うまでもねーよな」

「エド、君は……っ」

声を詰まらせるアレクシスに、俺は一歩、また一歩と魔王軍の方へ歩いて行く。どれだけ後ろから名を呼ばれても、決して振り返ったりはしない。

「アレクシス……いえ、勇者様。先ほどの申し出通り、俺の仕事はここまでにさせていただきます。つきましては正式に勇者パーティから追放していただけませんか？」

「ふざけるな！　この僕がそんなことをするとでも思っているのか⁉」

「……頼むよ。じゃないとティアが納得しないだろ？」

苦笑しながら言う俺の顔を、アレクシスは見ていない。そして俺もまた、アレクシスの顔は見えない。

だが振り返らずともわかる。きっと今のアレクシスは、これ以上ないほどに悔しげに表情を歪めているはずだ。その気持ちが嬉しくて、それが予想できる関係を築けたことが誇

らしくて。それでも……勇者アレクシスは判断を間違えたりしない。

「…………わかった」

「嫌！　やめて！　アレクシス、お願い！　駄目！」

「……ゴンゾ、ティアを肩に担げ。暴れられたら困るからね」

「いいのか？」

「ああ」

「いいわけ……っ!?　ちょ、離して！　降ろして！」

背後のやりとりから、ティアがゴンゾのオッサンに抱えられたのがわかる。ああ、それでいい。あまりにも優しすぎるティアは、きっと俺を見捨てられない。

「エド、君を――」

「嫌！　嫌！　嫌！！！」

「勇者パーティから――」

「やめて！　やめて！　お願い、お願いだから！」

「――追放する！」

「エドぉぉぉぉぉぉ！！！」

「……ありがとよ」

それが俺が仲間達と交わした、最後の言葉となった。

＊＊＊＊＊

『空より見る』：　背負いて征く者、背負いて逝く者

それは突然のことだった。アレクシスが断腸の思いで追放という言葉を口にすると、エドの体に大きな異変が起きた。手や足、顔などの見えている部分の皮膚が赤黒く変色し、その体から赤い霧が拭きだしていく。それと同時に周囲に鉄錆の臭いが強く漂い始め……故にアレクシス達はエドの身に何が起きたのかが予測できてしまった。

「行けええええええええ！！！」

雄叫びを残して、エドの姿がかき消える。それと同時に赤い閃光が魔王軍の中を走り抜け、血煙に彩られた道がアレクシス達の前に開通する。

「……行くぞ！」

「オウ！」

「イヤァァァァァァ！　エドぉぉぉぉぉぉ！！」

そのあまりの出来事に、敵も味方もなく全員が硬直する。そんななかいち早く我を取り戻したアレクシス達は、仲間が命がけで開いてくれた文字通りの血路に飛び込み、血と臓物でぐちゃぐちゃになった道を一心不乱に駆けていく。それに数秒遅れて魔王軍もまた意識を取り戻し、アレクシス達を阻もうと周囲から押し寄せてきたが、アレクシスは行く手を阻む最低限の敵だけを聖剣の一撃でなぎ払い、決して足を止めることはない。

「エドが！　エドがぁ！」

「いい加減にせんか！　小僧の……エドの覚悟を無駄にする気か！」

未だに自分に背負われて泣きわめいているルナリーティアに、ゴンゾが敵の頭を殴り飛ばしながら叱りつける。

熱は力だ。極めて強力な身体強化を行うと、それに伴い体温が上昇するのは常識である。が、己の血が煮沸して霧になるほどの高温を宿して、人の体が無事であるはずがない。

命を賭して、僅かな時間全力以上の力を出す。エドが取ったのがそういう戦術であることを、人を癒やす回復の術と鍛え上げた鋼の肉体の両方を持つゴンゾは誰よりもよく理解していた。

対してルナリーティアは、そこまで細かいことがわかるわけではない。が、周囲の精霊

すら怯えて逃げ出すほどの力が尋常な強化でないことくらいはわかる。エルフにのみ伝わる寿命を力に変える禁術を使ってなお、あれほどの力を発揮できるとは思えない。

ならばそれをただの人間が使えばどうなるか？　その答えはあまりにも残酷だ。

（私は……私はまた……っ！）

また誰かを犠牲にして……大切な誰かに守られて、自分の命を繋いでしまった。あるはずのない記憶がルナリーティアの魂に悲鳴をあげさせ、その目からは止めどなく涙がこぼれ落ち続ける。

「くっ、あと少しで突破できるというのに……っ」

「ぬぅ、仕方あるまい。ここはワシが――」

「降ろして。もう大丈夫だから」

一〇〇余年の人生においては瞬きよりも短く、敵陣の最中においては悠久よりも長い一分。それだけの時間を悲しみに費やしたルナリーティアは、ゴンゾの肩から降りると目元を拭うことすらせず敢然と立つ。

「風を重ねて伝えるは緑にそびえる半月の塔、鈍の光を集めて回すは四種八節精霊の声！　回って廻って吹き飛ばせ！

ルナリーティアの名の下に、顕現せよ、『ストームブリンガー』！」

詠唱を終えたルナリーティアの前に、巨大な竜巻がそびえ立つ。だがルナリーティアはそれを敵側に移動させることなく、エドから託された銀色の細剣で切り裂く。

「宿せ！　銀霊の剣！」

エドの「銀翼の剣」に倣って付けた名を呼べば、魔法を切り裂いた剣の刀身に小さくなった竜巻が宿る。だが小さくなったからといって弱くなったわけではない。その剣を横薙ぎに振るえば、横向きになった竜巻が周囲を囲む軍勢の悉くをなぎ払った。

（エド……っ！）

本音では、今すぐにでもエドの所に戻りたい。肩を並べて戦い、それで死ぬのならば本望だとすら思える。

でも、それはできない。死を覚悟して自分を……自分達の未来を繋いでくれた大切な仲間の覚悟を踏みにじったりしたら、この先続く二〇〇年の人生を死ぬまで後悔し続けることになる。

「……行こう、アレクシス。行って、魔王を倒さなきゃ」

「ああ、そうだね」

「ガッハッハ！　二人とも派手に暴れるがよい！　背中は彼奴に任せたが、前はこのワシの筋肉が全てを受け止めてみせよう！」

甘えも未練も、全て涙にして吐き出した。残った決意と覚悟は、エドの想いに応えるために使おう。そんなルナリーティアの言葉にアレクシス達も声をあげ、三人に戻った勇者パーティが魔王城へ向けて走って行く。

まだまだ大量に……それこそ万に近しいほどいたはずの魔王軍だが、彼らの背に追いすがる者はただの一人すらいなかった。

＊＊＊＊＊

『条件達成を確認。帰還まで残り一〇分です』

「……ありがとよ」

俺を追放してくれたアレクシスに、俺は心から感謝の言葉を告げる。

ああそうだ。俺は感謝している。一見すれば絶体絶命の窮地……だがだからこそ、俺はごく自然な形で追放してもらうことができた。下手な芝居をするよりも何倍もマシな結果で、そして追放されたからこそ……切れる鬼札も存在する。

〈起動しろ、〈終わる血霧の契約書〉〉

頭の中で追放スキルを発動した瞬間、俺の心臓がドクンと跳ねる。加速した鼓動は血管

が焼き切れるほどの速度で全身に血を巡らせ、今この瞬間、俺の全ての能力は一〇〇倍に引き上げられた。

そう、一〇〇倍だ。子供が考えたような馬鹿な倍率が実現するのなら――

「逝けぇぇぇぇぇぇぇ！！！」

雄叫びと共〈追い風の足〉を発動させ、俺は魔王軍にまっすぐに突っ込んでいく。単なる高速移動のスキルであっても、その勢いが一〇〇倍まで高まれば触れる全てを肉片に変える必殺の一撃となる。

そのまま俺は魔王軍を突っ切ると、この道を通ってくるアレクシス達を巻き込まないように一旦普通に横移動してから、再び〈追い風の足〉で魔王軍を蹴散らしながら元の位置に戻る。するとそこでは、さっきの偉そうな魔族の男が部下達に指示を飛ばそうとしている姿が目に入った。

「……はっ!? な、何をしている貴様等！　さっさと勇者を追いかけて――」

「させねーよぉ！」

「グハッ！」

俺の跳び蹴りを後頭部に受け、重そうな鎧をガシャガシャと鳴らしながら男が地面を転がっていく。そのままガスンと木に当たって動かなくなったので……よし、これならまだ

少し平気だな。

「さあ、おかわりだ！　お前等が追いかけるのは、死神の尻で我慢しとけ！」

今度は〈追い風の足〉は使わず、俺は魔王軍の中へと飛び込んでいく。ちょっと体がぶつかった程度でも今の身体能力なら大抵の敵は吹き飛ばせるが、今の俺はちょいと欲張りなので、その程度で満足はしてやらない。

「オラオラオラオラオラオラオラオラオラオラオラァ！！！」

追放スキル〈半人前の贋作師〉で作り出した「銀翼の剣」の偽物を、俺は力任せにブンブンと振り回す。本物を使わないのは今の力じゃミスリル棒の状態ですら一発でへし折れちまうからだ。あれだけ手間をかけた武器を秒で使い潰すのは流石に勿体ない。

ならばこそ偽物。流石に脆いので今の身体能力だと腕を一振りする分にすら耐えられないが、そこは数を打てばいい。折れる度、砕ける度に新しい偽物を作り出し……いやこれ、効率悪いな!?　制限時間もあることだし、それなら……っ！

「ガァアアアアアア！！！　血刀、錬っ、成ぃぃぃぃぃぃ！！！」

俺は偽の銀翼の剣で、自分の右腕を肘の少し手前で切り飛ばした。増産され続ける血液は血柱となって吹き上がり、あっという間に俺の体重を超える量の血が噴き出す。そこに追放スキル〈見様見真似の熟練工〉を発動してやれば……俺の右腕に全長二〇メートルほ

どの血の刃が生えた。

「死にっ、晒せぇぇぇぇ！！！」

周りにいるのは全て敵。ならばこそ俺は何の遠慮もなく腕を振り回しながら戦場を駆け巡る。俺を中心とした直径四〇メートルの死の台風は触れる全てを斬り、潰し、弾き飛ばして、一瞬前まで命だったものが、凄まじい勢いで血と肉の塊へと変換されていく。

「ふう……ふう……ふぅぅぅぅ……よし、まあこんなもんか」

そうして死の舞踏を続けること、おおよそ七分。あれだけいた魔王軍は跡形もなく消え去っており、赤く染まった大地の上には臓物の絨毯が隙間なく敷き詰められていた。

「アレクシス達は……行ったな」

軽く〈失せ物狂いの羅針盤〉と〈旅の足跡〉を併用してアレクシス達がとっくにここを立ち去ったことを確認すると、俺はひとまずホッと胸を撫で下ろす。

あの状況がヤバかったのは、あくまでも少数ではどうしようもない数の暴力に押されることだ。最小限だけ倒して強行突破なんてできる数じゃなかったし、打ち漏らしというにはあまりにも多すぎる数が常に背後から挟撃を仕掛けてくるとなれば、いくらアレクシス達がタフでも身も心も持たない。

が、それももう終わった。この場にアレクシス達を追いかける戦力なんて残ってねーし、

そもそもここにこれだけいたなら、この先に待ち構えている魔王軍の数も大分減っていることだろう。流石に一万近い軍勢を使い捨てて痛くも痒くもないなんてことは……ねーよな？　うん、そこは流石にそう信じよう。

「ま、後は上手くやるだろ。なにせアレクシス達だしな」

　アレクシス率いる勇者パーティの強さは、俺にもよくわかっている。こうして後顧の憂いを断ったのだから、しばらくすればきっちり魔王を討伐してくれることだろう。それを確認できないのは残念だが、こればっかりはどうしようもない。

「少し時間が余ったな。ふむ、どうすっか……」

　追放スキル〈終わる血霧の契約書〉の効果中は他の追放スキルの効果も同じく一〇〇倍に強化され、それは回復系の力である〈包帯いらずの無免許医〉にも及んでいる。だからこそあれだけの血を流しても死ななかったし、治そうと意識したことで切り飛ばした腕も既に生えている。つまり何をするにしても体調は万全ということだ。

（もう帰れるのは確定してるんだし、こっそりアレクシス達を追いかけて本当に無事かどうか最後に確かめてみるか？　いやでも、流石にこの程度の残り時間じゃ……むぅ、微妙に手持ち無沙汰だ）

「うっ…………」

「あ、そうか。まだお前がいたな」

魔境の方に蹴り飛ばした男が声をあげて起き上がったことで、俺はそっちに意識を向ける。すると男は俺を見て、そして俺の背後に広がる景色を見て……そのまま動きを止めてしまう。

まあ、その気持ちはわかる。万が一など起こりえない数を満を持して動員したというのに、それをたった一人に全滅させられるとか悪夢以外の何ものでもない。俺が同じ立場だったら、三日徹夜しても上司に上手い言い訳をできる自身はない。

「…………何だ？　お前は一体何なのだ？」

「何って言われると、剣士……いや、やっぱここは初心に返って荷物持ちか？　ま、それももう首になっちまったけど。そういうお前は結局誰だったんだ？　俺達が話し終わるのを待っててくれたから、俺もお前の名乗りくらいは聞いてやるぜ？」

「我か？　我は魔王軍最強の…………………」

そこまで口にして、男の膝がカクッと折れる。絶望に苛まれたその体からは戦う意思がまるで感じられない。

「ハッ、このような醜態をさらして、何が最強か……我はただの名もなき雑兵よ。だが我が命と引き換えに貴様が死ぬのであれば、これ以上ない勝利だ」

「お？　何だ、そういうのってやっぱりわかるわけ？」

「わからいでか。返り血に隠れているとはいえ、お前の体が尋常な状態でないことくらいすぐにわかる。命を捨てて勇者を送り出したか……その覚悟、見事と言っておこう。ああ、魔王様。我は勇者を通しこそしましたが、最大の脅威をここで潰えさせることに成功しました。どうかその功績を以て、我が身の至らなさをお許しください……」

　そう言いながら、男は自分の首に剣をあてがう。

「お前にもう余力はなかろう。だがこの剣はお前が我に振るわせたものだ。偉大な戦士に敬意を表し、この首を捧げる……先に逝って待っているぞ」

　単に座ってただけなのを微妙に勘違いした男の手が閃き、その首がゴトリと地面に落ちる。その逝き様を見届けた俺は、ふと今自分が何処にいるのかに気づいた。

「そうか、ここは……」

　魔境を抜けたすぐ側にある、腰ほどの高さの岩の側。ここは一周目でアレクシス達が死に……そして俺がティアを看取った場所だ。まさか俺の最後もここになるとは……運命？　それとも神の皮肉か？　どっちにしたって洒落の利いた話だ。

「……そうだな。これを置いていくか」

　俺は〈彷徨い人の宝物庫（ストレンジャーボックス）〉から、本物の銀翼の剣を取りだして地面に突き立てる。さっ

きは勿体ないと思ったが、こういう使い方ならいい。

何の痕跡(こんせき)も残さないと、ティア辺りは何十年でも俺のことを捜し続けそうだからな。せっかく魔王を倒して平和な世界になったとしても、居もしない俺の存在を捜し続けるなんて不毛なことをされちゃたまらん。

「頑張(がんば)れよ、アレクシス。今のお前なら魔王なんざ楽勝だろ。ゴンゾのオッサンも、筋肉はほどほどにな。言っても絶対きかねーだろうけど。ハハッ」

もうすぐ、俺はこの世界から消える。だが一周目と違(ちが)って、俺はここでやるべきことをやれるだけやった。後はこの世界に生きているアレクシス達がどうにかすることで、部外者である俺が心配するのはいらぬお節介(せっかい)でしかない。

「そういや、結局今回も泣かせちまったな」

別(わか)れ際(ぎわ)に見たティアの顔が頭に浮(う)かび、俺は思わず苦笑する。あいつにちゃんとした笑顔(えがお)を取り戻(もど)してやりたくて挑(いど)んだ二周目だったが、最後の最後に泣かせちまうとは、俺もまだまだ未熟だ。

もし万が一、また異世界巡りを終わらせてここに戻ってくることがあったなら、その時にはきっちりと怒(おこ)られてやろう。真の聖剣を手にしたアレクシス達が三人揃(そろ)ってるなら、寿命を使う禁術なんてものは必要ないはず。ならば俺が再会するのは最初の予想通り、王

様にでもなって偉そうにふんぞり返るアレクシスと、相変わらず筋肉を鍛えてるゴンゾのオッサン、そして……森に引っ込んだりせず、その辺の町で美味いものを食べたりしてるティアのはずで……ははは、そいつは何とも楽しみだ。

「……元気でな、ティア」

時が過ぎ、力の代償を支払えと俺の心臓が一際大きく脈打つ。だがその最後の催促の果てに俺の心臓が弾け飛ぶより早く――

『三……二……一……世界転移を実行します』

俺の体は光となって、この世界から追放されていった。

終章　一〇一回目のプロローグ

『世界転送、完了』

「…………ハァ」

見慣れた「白い世界」へと無事帰還を果たし、俺は何とも言えないため息をつく。一応自分の体を確認してみると、返り血どころか服そのものが違う。腰にはアレクシスにへし折られた懐かしの鉄剣が佩かれており、防具もヨレヨレの普段着の上にややくたびれてきた革鎧というごく一般的なものだ。

「よっ、ほっ！　あー…………うむ、いつも通りだな」

軽く腕やら足やらを動かして感触を確かめたが、自分が弱くなる感覚もいつも通りだ。今回は半年だけだったけど、何だかんだで動き回って筋肉とかついてたからなぁ。

そう、俺の体はここに帰還すると同時に元に戻る。若返るとか回復するとかじゃなく、ここにやってきた時の状態に戻されるのだ。おかげで俺はどれだけ異世界で体を鍛えてもムキムキマッチョにはなれないし……どんな怪我も代償も、綺麗さっぱりなかったことに

なる。

うーん、使えば死ぬからこそ驚異的な強化を得られるスキルなのに、その代償だけ無視できるとか、改めて考えても酷いな。ま、もし咎めるならそういう仕様にした神様だかに言ってくれ。俺はあくまでその隙を突いただけで、できるということは認められているということなのだ。

「さーてさてさて、それじゃお待ちかねの追放スキル習得といきますか！」

自分でも無理があると思いつつも、俺はテンションを高めるべくあえて大声でそう口にする。

そうとも、俺は信じて送り出したのだ。ならば結果が分からなくてモヤモヤするなんてのは無粋の極み。アレクシス達なら上手くやったに決まっているのだから、心配するだけ損ってもんだ。

そうして視線を向けてみれば、テーブルの上に鎮座した水晶玉はこれ見よがしにピカピカと光っている。おお、これは何かありそうだ。

「一周目のスキルを全部引き継いでるから、正直何もなしってのも覚悟してたんだが……どれどれ、新しい追放スキルかな？　それとも既存のスキルがパワーアップしちゃうのか？」

期待に胸を膨らませ、俺は水晶玉に手を触れる。だが今までならば即座に流れ込んできた力が、今回は何も感じられない。

「………あれ？　何だよ、壊れて痛ぇ⁉」

ゴスンという割とえげつない音を立てて、俺の脳天に何かが直撃した。思わず涙目になった俺の目の前で、テーブルの上に分厚い本がゴロンと転がる。

「ぬぉぉぉぉ……何で毎回頭に落ちてくんだよ⁉　嫌がらせか？　嫌がらせなのか⁉」

痛む頭をさすりながら、俺は改めて本に意識を向ける。今までの説明的なものが書かれていた本が全て真っ白な表紙だったのに対し、この本は茶色い革表紙だ。ここ以外でならありふれた装丁だが、何もかもが真っ白なこの世界ではこの本こそが特別に見える。

「何だこりゃ……『勇者顛末録』？」

金の箔押しでそう表題された本を開き、俺は中に目を通す。するとそこには俺のよく知るとある人物の人生が書かれていた。

「アレクシスの自伝……？　いや、神様のアレクシス観察日記ってところか。うわ、趣味わりーなぁ」

本人が決して知り得ない周囲の情報や、自覚していないであろう深層心理の描写。もしこんなものがあるとアレクシス本人が知れば、勇者権限を用いてでも焚書したことだろう。

が、ここにアレクシスはいない。止める者などいない環境で、俺はじっくりとその本を読んでいく。すると本の中のアレクシスは徐々に成長していき、色々な意味で勇者らしくなっていく。そうして幾度かの出会いと別れを繰り返し、ゴンゾのオッサンやティアとも出会って……

「おお、俺が出てきた」

本の中に自分のことが書かれているという不思議な状況に、俺は更に夢中になって読み進めていく。それによれば俺が追放された後も、アレクシス達はちゃんと頑張って戦い続けたらしい。

ペラリペラリとページをめくり、一文字一文字を噛み締めるかのように読む。文字しかかかれていないのにその状況が頭に浮かんでくるようで、俺はアレクシス達の奮闘に手に汗握って読み進める。

だがやはり、本は本。既に結末は決まっており、残りのページはあとわずか。その最後の部分に、俺は静かに目を通す。

――第〇〇一世界『勇者顛末録』　終章　三英雄と神の使徒

かくて魔王を討ち果たした勇者達は、無事王都へと凱旋を果たした。だがその場にて勇者アレクシスは「自分達には四人目の仲間がいた。彼がいなければ自分達は魔王に挑むことすらできなかっただろう。彼こそが讃えられるべき真の英雄、勇者である」と訴える。

その申し出を受けて時のノートランド王が「四人目の勇者」の正体を探るべく世界中に御触れを出したが、どういうわけか彼の者の情報は一向に集まらない。勇者と出会うその瞬間までの足跡は何処にもなく、その存在は勇者パーティに所属した半年間の目撃情報と、勇者達が手にした武具にのみ示されている。

最終的に、その四人目は「世界を救う勇者を手助けするべく神より使わされた神界の戦士、使徒である」という結論が出され、「三英雄と神の使徒」として祀られることとなった。

「……そうか。アレクシスの奴、ちゃんと魔王を倒したのか」

全てを読み終え、俺はパタンと本を閉じると目を閉じて空を仰ぐ。仲間達の健闘が何よりも誇らしく……それを一緒に祝えなかったことが、少しだけ寂しい。

「何だよ、やっぱりやればできるんじゃねーか」

開いた目を、〇〇一の扉(とびら)の方へと向ける。あれが開いて向こうの世界に繋がることはもうないが、その先に平和な世界が広がっているのだと思えば俺の顔も自然とほころんでしまう。

「ま、最初の挑戦(ちょうせん)にしちゃ上出来な結果だろ。これで後は、ティアとかオッサンの動向もわかりゃいーんだけどなぁ」

どうやらこの「勇者顛末録(リザルトブック)」には、表題通り勇者の人生しか書かれないようだ。なので仲間ではあっても勇者ではないゴンゾのオッサンやティアのことに関しては、あまり掘(ほ)り下げられていない。アレクシスの仲間としてどう行動したか、みたいなことなら割と詳細(しょうさい)に書いてあるんだが、出会う前やパーティ解散後のことに関してはほぼ何も書かれていないのだ。

凱旋したと書かれているんだから、無事だったのは間違いないだろう。その後は俺を捜したみたいだが……そりゃ見つからねーだろ。俺はここにいるんだし。

ただ、その肝心(かんじん)の「見つからなかった結果どうしたのか」がわからない。アレクシスはそのまま王様にでもなるんだろうし、ゴンゾのオッサンは……偉い神官にでもなるのか？

そうするとティアは……うーん？

「……ティアだけ何をしてるか全然想像がつかねーな」

他の二人と違って、ティアはただの旅人、冒険者だ。立ち位置としては俺に近く、英雄になったからって何かが変わるわけじゃない。

「とすると、妥当なところで俺を捜しながら世界中を旅してるとか？　あー、スゲーありそうだな」

政治的なしがらみに囚われない立ち位置と、長い全盛期を維持できるエルフの特性。その二つを最大限に生かしてずっと旅をしているというのは、なるほど考えてみれば実にティアらしい結末と言える。

「そういうことをしねーように気を遣ったつもりだったんだが……まあティアだしな。なら次に会った時に、ちゃんと話を聞いてやるか」

もう一周終えた時、またあの鍵が手に入るのかはわからない。それにその時になったら、明らかに平和に終わったこの世界より、別の世界の方が気になっている可能性もある。

が、それでもまたあの顔を見たいと思えたならば……その時は精々愚痴に付き合ってから、お互いの旅の話を交換すればいい。それはきっと素晴らしく楽しいことだろう。

「そうなるといい感じの土産を用意しとかねーとだし……さて、じゃあ行くか」

本を手に取り立ち上がると、テーブルの横にいつの間にか真っ白な本棚が出現していた。試しにそこに「勇者顛末録」を収めてみると実にピッタリなサイズ感であり、ほぼ空っぽ

の本棚が「一〇〇冊全部収めてくれ」と無言で語りかけてくるようだ。

うむ、こういうのはピッタリ隙間なく埋めたくなるよな……まあ普通に世界を追放され続ければ勝手に全部集まるんだろうけど。

「じゃあな」

ポンポンと本の背を叩いてから、俺は新たな気持ちで〇〇二の扉の前に歩いて行く。すぐ隣には〇〇一の扉があるが、もうそこに意識が囚われることもない。

誇るべき俺の仲間達は、やるべきことをやり遂げた。なら今度は俺の番だ。残り九九の世界もきっちりとハッピーエンドに結びつけるため、俺は気合いを入れて扉のノブを――

「きゃあ⁉」

「ぐえっ⁉」

俺の頭に、未だかつて感じたことのない大質量が落ちてくる。そのまま仰向けに倒れ込む俺の顔には何やら微妙に柔らかいものが密着しており……とにかく重い。凄く重い。

「ふごっ……重、重い……」

「ちょっ、何処触ってるのよエッチ！」

塞がれた視界をどうにかするべく手を動かしていると、聞き覚えのある声と同時にいきなりベシッと頭をひっぱたかれた。それに少し遅れて顔の上から重みが遠ざかり、暗闇で

閉ざされていた視界が開けて……

「………………は？」

俺しかいないはずのこの場所で、何よりも場違いな俺以外の存在。お日様のような黄色い髪と好奇心がこれでもかと詰まった翡翠色の瞳をしたエルフが、その長い耳をピコピコと揺らしながら目の前に立っている。

「ティア⁉　なん――」

「エドっ！」

俺が声を発するより早く、ティアが思い切り俺に飛びついてきた。一瞬幻覚かとも思ったが、その声も見た目も感触も、何もかもが間違いなく本物だ。

つまり、本物のティアがここにいる？　え、何で？　どうやって⁉

「エド……エドぉ……！　会えた、やっと会えたよぉ……」

聞きたいことが山ほどあるし、正直まだ頭が混乱している。だが俺の胸にグリグリと顔を押しつけて泣きじゃくるティアを前に、俺はひとまず全てを棚上げしてその背中を優しくさすってやった。

俺の胸を、熱い涙が濡らしていく。だがその温もりこそが、ここに本当にティアがいるのだと俺に分からせ続けてくれる。ティアが落ち着くのを待ちながら、俺自身もまた心を

落ち着かせ……そうして五分ほど経ったところで、ようやくティアが俺の胸から顔をあげた。

「もういいのか？」

「うん……ずびっ」

目を真っ赤に腫らし、鼻を啜ったティアがゴシゴシと自分の顔を手で拭う。安くてペラい革鎧は割とべっちょりしてしまったが、これはまあ名誉の負傷ということにしておこう。

「ごめんね、ビックリさせちゃって」

「いいって。俺も似たようなことしたしな」

「似たような……？　ああ、そっか。初めて会った時！」

「そうそう。だからこれでおあいこだ」

「うん！　ふふっ、懐かしいなぁ」

おどけた声を出す俺に、ティアがようやく笑顔を見せる。このまままったりと再会を喜んだりしたいところだが、その前にどうしても聞いておきたいことがある。

「で、ティア。お前一体どうやってここに来たんだ？」

「それは……これよ」

そう言ってティアが腰の鞄から取りだしたのは、鈍く輝く銀色の金属片。その形にはど

ことなく見覚えがあるような……んん？

「あっ⁉　そいつは……」

「そう、エドが残してくれた『銀翼の剣』の、羽のところ。六枚あったうちの一枚を、特別に分けて貰ったの。これを触媒にした探査の魔法で、エドのことを捜したの。あんなところに一人で眠るなんて寂しすぎるもの。せめて骨の一欠片、髪の毛一本でもいいから連れて帰ってあげたいって思って……

　でもね、おかしいの。どれだけ念入りに調べても、エドのいる場所がわからない。反応が弱すぎるのかと思ってあの戦場に戻ってからもう一度精霊にお願いして捜して貰ったけど、やっぱり駄目。

　ならひょっとして死んだんじゃなく、何らかの手段ですぐには帰れないほど遠くに転移させられたのかと思って、今度はひたすら探索範囲を広げていったわ。でも範囲を広げても広げても……それこそ世界中の何処にいたってわかるくらいまで広げてもまだ見つからなくて。

　だから最後は、ちょっと無理しちゃった。てへっ」

「てへって……何したんだよ？」

可愛く笑って誤魔化しているが、前科があるだけにティアの無理とか無茶は非常に怖い。

若干顔をしかめながら聞く俺に、しかしティアは悪びれることなく言葉を続ける。

「あのね、何処とか何時とか、そういう細かいことを気にするから難しいのよ。だからとにかくエドのいる場所に直接跳べばいいかなって。転移結晶は知ってるでしょ？」

「ああ、そりゃ知ってるけど……」

「あれって普通は転移する先の座標を登録してから使うじゃない？　それに細工をして、転移先をエドに指定して使ったの」

「は？　そんなことできんの!?」

完全に初耳な情報に、俺は思わず驚きの声をあげてしまう。するとそんな俺の反応を見たティアが、ここぞとばかりにドヤ顔を決める。

「できるのよ！　勿論簡単にってわけじゃないけど。アレクシスとゴンゾと、他にも沢山の人に協力してもらって座標の書き込みまではどうにかなったんだけど、一番問題になったのはやっぱり魔力ね。

エドがどれだけ遠くにいるかわからなかったから、あらかじめ魔力を用意しておくってことができなくて……だから使用者である私から、直接魔力供給できるようにしたの」

「へー、よく足りたもんだな」

俺には魔法は使えないので、異なる世界に転移するのにどのくらいの魔力を消費するの

かはよくわからない。が、おそらく並みの消費ではないだろうということくらいは流石にわかる。

ティアの魔力は多いとは思ってたけど、まさかそこまでとは……

「フフーン、まあね！　実は途中でちょっとだけ足りなくなっちゃったけど、そこはエルフに伝わる秘密の奥義で何とかした……ちょっ、エド⁉」

ティアの言葉が終わるより前に、俺はティアの肩をがしっと掴んでその顔を覗き込む。

「ちょっ、痛いわエド。どうしたの？　そんなに力を入れなくても……」

「何年だ？」

「な、何が？」

「だから、何年だ？　俺のところに来るのに、一体どれだけの寿命を使った⁉」

本当なら、今すぐにでもその服を剥ぎ取って体を確認したかった。もしそこにあの日見たような皺だらけの体があったなら、俺はその場に崩れ落ちたことだろう。

知りたい。だが知りたくない。縋るような気持ちで問う俺に、ティアが優しい笑みを浮かべる。

「……ああ、そっか。やっぱりエドは知ってるのね」

「やっぱり⁉　何だやっぱりって⁉」

本当に意味がわからない。まさかティアにも記憶がある？　いや、それはないと最初に会った時に確認したはずだ。

あーもう、わけがわからん！　頭の中がグチャグチャで何の考えもまとまらない。苛立ちが頂点に達し血が出るんじゃないかという勢いで頭を掻き毟る俺の手を、ティアが苦笑しながらそっと握る。

「ほら、駄目よ？　そんな乱暴にしちゃ……ねえエド、多分だけど、ここって違う世界なのよね？」

「………ああ、そうだ」

「やっぱり。あのね、ここに来る途中で……ううん、途中って言っても一瞬だったとは思うんだけど、とにかく途中で、私という存在が何か壁のようなものを抜けた感じがしたの。で、そしたら私の頭の中に、私じゃない私の記憶がワーッと流れ込んできて……」

静かな微笑みを浮かべたままだというのに、ティアの目から一滴の涙が零れる。

「そこではね、私は……私達はエドを追い出してたの。その後他の人を仲間にして魔境にいったけど、あの時みたいに沢山の魔王軍に襲われて……でも結局負けちゃった。アレクシスに逃がされて、たった一人で生き延びて……そうしたらね、ある日エドが家に訪ねてきたの。

もう二度と会えないと思った人との再会。そうしてエドに連れられて、私はアレクシス達の最後の場所に連れて行ってもらって……そこでエドに最後を看取ってもらう、そんな記憶。

ああ、そっか。やっぱりあれは夢じゃなくて……」

「いや、夢だ。そんなもん、夢に決まってるだろ！　現にティアは……」

「フフッ、そうね。エドが夢にしてくれたのよね」

不意に、ティアの腕が俺の首に回された。ふわりと抱きしめられた俺の頬にティアの長い耳が擦れて、首元に熱い吐息がかかる。

「今も昔も、エドはいつでも私のことを助けてくれてたのね。ありがとう、エド」

「…………ハッ！　何のことだか俺には全然わかんねーな！　俺はただ、俺のやりたいようにやっただけさ。感謝なんてされる謂れはねーよ」

「あらそう？　でもそんなの知らないわ。エドがどう思おうと、私は私で勝手に感謝しちゃうもの！　何十回でも何百回でも、私の気の済むまで感謝されてもらうんだから！」

「何だそりゃ……感謝なら押し売りしてもいいってわけじゃねーぞ？」

「ふーんだ、知りません！　ありがとう、エド」

「だから……っ」

「ありがとう、エド！」

「あーもう、うぜぇ！」

何ともいたたまれない気分に、俺は抱きついていたティアを振り払う。するとティアはニヤニヤした笑みを浮かべながら俺の頬をつついてくる。

「なーに？　ひょっとして照れてるの？　うりうり」

「そんなんじゃねーよ！　だからつつくなって！」

「素直じゃないわねぇ。まあいいわ、許してあげる」

一体何を許されたのか、どうして俺が許される立場なのかは全く以て不明だが、とりあえずティアが俺から離れた。

あー、何かもう……うん。色んなことがどうでもよくなったというか、悩んでるのが馬鹿らしくなったというか……ハァ。

「んで？　ティアはこれからどうするんだ？　またすぐ元の世界に帰るのか？」

別れは勿論寂しいが、然りとてここに引き留めておくわけにもいかない。俺がそう問いかけると、ティアが小首を傾げて考えるそぶりを見せる。

「うーん、それなのよね。確かに最初はお礼が言えたら帰ろうかなって思ってたんだけど、まさか違う世界に来ちゃうなんて思わなかったし……ちなみにエドはどうするの？」

「俺か？　俺は……あれだよ。これからも色んな世界を回って、そこで勇者パーティに入って……で、追放される」

「えぇ？　何で追放なの？」

「それは俺が聞きてーよ。とにかくそういう感じであと九九個の世界を回らねーと、俺は家に……俺の世界に帰れねーんだ。だからそれをやっていく感じだな」

「そうなんだ……ねえそれ、私も一緒に行ったら駄目？」

「へ？」

真面目な表情で問うティアに、しかし俺は脳がスポンと抜けたような衝撃を受ける。

「い、一緒に⁉　何で⁉」

「何でって、そりゃそんな長旅をするなら、一人より二人の方がいいでしょ？　色んな世界を回るのは楽しそうだし」

「いや、それは……で、でも、帰らなくていいのか？」

「いいのよ。ちゃんとここに来る前に『もしかしたらもう帰れないかも』って言ってあるから。それにここで私が帰ったら……エドはまた一人になっちゃうんでしょ？」

「そりゃそうだけど、でもそれは俺の──」

なおも言おうとする俺の口に、ティアの人差し指がそっと当てられる。ああ、またこれ

だ。これをされたら俺は黙るしかない。

「理屈なんていらないわ。助けてもらったから助けてあげるなんて、偉そうなことも言わない。ただ私がエドと一緒に行きたいから行くの。それだけよ」

「ティア…………ハァ、さっきもそうだけど、本当に今日のティアは強引だな」

「そりゃ苦労して違う世界まで来たんだから、我が儘の一つくらいは言うわよ。大変な思いをした報酬は異世界巡りの旅！　ね、いいでしょ？」

苦笑する俺に、ティアが悪戯っぽく笑う。だがその願いに黙って頷くことは俺にはできない。

「まあ俺の心情はこの際置いておくとしてだ。ティアって俺と一緒に別世界に行けるのか？」

「え、行けないの!?」

「いや、わかんねーけど……」

当たり前の話だが、俺は誰かと一緒に異世界に渡ったことなどない。もし今回ティアと一緒にこの「白い世界」に戻ってきたというのならまだわかるが、完全に別ルートでやってきたとなると、一緒に出られる保証にはほど遠い。

「え、え!?　ここにきて置いてきぼりとか嫌よ!?　エドはどうやって他の世界に行ってる

の？」

「俺は……あれだよ。そこにある扉。それを開いてくぐると、扉に対応した世界に行くんだ」

「なら、私も一緒に扉に入ればいいんじゃない？」

「やり方としては、それしかねーだろうなぁ。できるかどうかはわかんねーけど」

「うぅ、それはちょっと盲点だったわね……」

顔をしかめるティアが、クルクルと扉の周りを回りながら観察している。とは言え異世界転移の仕組みは完全に俺の手から離れているものなので、どうすることも……ん？

「なあティア、ちょっといいか？」

「なーに、エド？」

「ちょっとさ、その水晶玉に触ってみ？」

俺の視界の端では、未だに水晶玉がチカチカと光を宿していた。それは俺が追放スキルを得られる状態であり、だが俺自身には何の反応もしめさなくて……え、マジか⁉　まさかそこまでか⁉

「触ればいいの？　わかった……わっ、何これ⁉」

ティアが水晶玉に手を乗せた瞬間、弾けるように光が飛び散りティアの体へと吸収され

ていく。それは俺が追放スキルを得た時と同じ反応だ。

「ねえエド？　何か体の中に熱いのがぶわーっと入ってきて、あと頭の中に変な言葉？　文字？　そういうのが浮かんでくるんだけど!?」

「おーおー、そうか。で、その内容は？」

「内容!?　えーっと……〈一緒に行こう(シェイクハンド)〉？　手を繋(つな)いでいる人と一緒に、世界の壁を越(こ)えられる？　ねえ、これどういうこと!?」

「……へぇ？」

そいつはまた、何というご都合主義。なるほどそうか、ここまでが全部神様の書いたシナリオ通りだったたってか？　忖度(そんたく)するにも程(ほど)があるだろマジで。

「あー…………」

全身の力が抜けてしまい、俺はその場にしゃがみ込む。確かにあの時、俺は神の手のひらで穴が空くまで踊(おど)ってやると言った。言ったけど……ぇぇ、ここまでか？　俺が文字通り死ぬほど悩んでした決断とか、そういう全部が予定調和だったのか？

「どうしたのエド？」

「いや、何つーか……ちょっと運命について色々考えてたって言うか……」

俺が何もしなくても、同じ結末に辿(たど)り着いたのか？　それとも俺が努力することすらあ

らかじめ決まっていたのか？　ならば俺は何のために辛く苦しい思いをしながら生き続けているのか……

「……あのね、エド。もし本当にエドが私がついていくのを嫌がってるなら、ちゃんと帰るわよ？」

悩む俺の悩みを誤解したティアが、悲しそうな顔でそう俺に問うてくる。そしてその顔を見た瞬間、俺の悩みは吹き飛んだ。

「馬鹿言え。んなわけねーだろ」

ああ、そうだ。未来が決まってるかどうかなんて、考えたって意味がない。俺はただ俺が満足できるように精一杯あがくだけで、そこに何の違いもないのだ。

「とは言え、一応最後に確認だ。本当に一緒に来るのか？」

「勿論！」

俺の問いに、ティアが笑顔で即答する。こんないい顔で言われたら、それ以上の確認は無粋ってもんだ。

「ハァ、まさか俺の旅に同行者ができるとはなぁ」

小さくため息をついて呟きながら、俺は新たに出現した〇〇二の扉の前に立つ。その隣には当然ティアが寄り添っており、美しい翡翠の瞳を好奇心に輝かせている。

「いいじゃない！　一人より二人の方が楽しいし、エドと二人ならどんな困難だってきっと乗り越えられるわ！　それに二人一緒なら、追放されても寂しくないし！」

「そういうもんか？」

「そういうものよ。それよりエド、異世界ってどんなところなの？」

「どんなって言われても、あと九九もあると色々としか。とりあえず次の世界は……っと、これは秘密にしとこう」

「えー、何よそれ！」

　ぷくっと頬を膨らませるティアに、俺はニヤリと笑みを浮かべる。

「フフフ、俺の感じた驚きをティアにも是非体験して欲しいからな。そういうのも旅の醍醐味だろ？」

「まあ、それはそうね。いいわ、じゃあ期待しとく」

「そりゃよかった」

　あっさりと機嫌の直ったティアに、俺も笑顔でそう答える。異世界の旅は、決して楽しいことばかりじゃない。むしろ辛く苦しいことの方がずっと多いし、危険なことだって数限りなくあるだろう。

　だが一周目の知識と経験、そして追放スキルを引き継いだ俺は、ティア一人を守れるく

らいには強くなったはずだ。そしてティアと二人ならば、もっと強くなれる気がする。

あとはまあ、ぶっちゃけ俺が女だったら……と思ったことも幾度となくあるので、現実的な助けとしても期待できる。異性であり精霊魔法の達人であり、俺が心から背中を預けられる相棒。面と向かって言いはしないが、ティアの存在はこれ以上ないほどに心強い。

「ではお嬢さん、お手を拝借」

「はいどーぞ。エスコートは任せたわね」

俺の差し出した手を、ティアの手がしっかりと握ってくる。伝わる温もりは何よりも優しくて、一人でないことの喜びと実感が胸の奥から止めどなく溢れてくる。

「よし、行くぞ！」

「おー！」

元気よく声をあげて、俺は扉のノブを回す。こうして俺達は二人揃って、新たな世界への一歩を共に踏み出すのだった。

あとがき

どうも皆様、初めまして……あるいはお久しぶりでしょうか？　そうであったならとても嬉しいですが……日之浦　拓でございます。今回は満を持して「追放されるたびにスキルを手に入れた俺が、一〇〇の異世界で二周目無双」という新シリーズをお手元にお届けすることができ、感無量であります。

この作品もまたWｅｂで公開しているもので、原題は「勇者パーティから追放されないと出られない異世界×一〇〇～気づいたら最強になっていたので、もう一周して無双します～」という、時の流行に乗りまくった長いタイトルだったのですが、新しいタイトルは、今作から担当になってくださったA氏による命名です。なのでタイトルに惹かれて手に取っていただけたのであれば、A氏のお手柄ということですね。ふふふ、是非とも爆売れして、氏には「あの作品はワシが育てた」と言えるようになって欲しいところです（笑）

勿論、他にも沢山の方々の努力によって、この作品は成り立っております。まずは何と

言ってもイラストを担当していただいたＧｒｅｅＮ様ですね。格好いいエドや可愛らしいティア、イケメン勇者のアレクシスに頼れる筋肉親父ことゴンゾなど、氏のデザイン、イラストの素晴らしさはこの本を読んでくださった方には余すことなく伝わっていると思います。本当に素敵なイラストを描いていただき、ありがとうございました。

それに加えて、作品の最後の砦たる校正の方々。この本の誤字脱字がないのは彼らのおかげです。いつもお世話になっております。他にも出版、流通に関わる人達。コロナ禍で多くの人達が自粛するなか、方々の努力には頭が下がる思いです。それは電子書籍でも同じで、誰かがきっちり管理してくれているからこそワンクリックで届くわけですから、小説という娯楽産業が成り立っているのは、作者のみならず数え切れない程の人々の努力の賜なわけです。

そして最後は、当然ながらこれを読んでくださっている貴方です。読み手がいなければ、我々が書いているのはただの記号、あるいはのたくった黒い線です（笑）ならばこそそれを読み解き、貴方のなかに少しでも楽しい世界が広がってくれていれば、作家としてこれ以上ない喜びです。

では、ご縁があればまた次の本でお会いしましょう。

日之浦　拓

追放されるたびにスキルを手に入れた俺が、100の異世界で2周目無双 1

2022年2月1日　初版発行

著者——日之浦 拓

発行者—松下大介
発行所—株式会社ホビージャパン

〒151-0053
東京都渋谷区代々木2-15-8
電話　03(5304)7604（編集）
　　　03(5304)9112（営業）

印刷所——大日本印刷株式会社

装丁——AFTERGLOW／株式会社エストール

Printed in Japan

ISBN978-4-7986-2720-5　C0193